westermann

Alfons Axmann, Manfred Scherer, Bernd Utpatel

Betrifft Sozialkunde/Wirtschaftslehre

Basislernbaustein

5. Auflage

Bestellnummer 02230

Die in diesem Produkt gemachten Angaben zu Unternehmen (Namen, Internet- und E-Mail-Adressen, Handelsregistereintragungen, Bankverbindungen, Steuer-, Telefon- und Faxnummern und alle weiteren Angaben) sind i. d. R. fiktiv, d. h., sie stehen in keinem Zusammenhang mit einem real existierenden Unternehmen in der dargestellten oder einer ähnlichen Form. Dies gilt auch für alle Kunden, Lieferanten und sonstigen Geschäftspartner der Unternehmen wie z. B. Kreditinstitute, Versicherungsunternehmen und andere Dienstleistungsunternehmen. Ausschließlich zum Zwecke der Authentizität werden die Namen real existierender Unternehmen und z. B. im Fall von Kreditinstituten auch deren IBANs und BICs verwendet.

Die in diesem Werk aufgeführten Internetadressen sind auf dem Stand zum Zeitpunkt der Drucklegung. Die ständige Aktualität der Adressen kann vonseiten des Verlages nicht gewährleistet werden. Darüber hinaus übernimmt der Verlag keine Verantwortung für die Inhalte dieser Seiten.

service@westermann.de
www.westermann.de

Bildungsverlag EINS GmbH
Ettore-Bugatti-Straße 6-14, 51149 Köln

ISBN 978-3-427-**02230**-5

westermann GRUPPE

Inhalt

Vorwort

Liebe Schülerinnen und Schüler,

„Mit Geld umgehen", „Ein Girokonto einrichten", „Onlineshopping", „Einen Ausbildungsvertrag abschließen", „Sich privat versichern", „Sich einmischen" oder „Kritisch bleiben" – das alles sind Fragen und Themen, mit denen sich junge Leute auseinandersetzen.

Diese Themenbereiche werden im Basislernbaustein „Betrifft Sozialkunde/Wirtschaftslehre" für berufliche Schulen aufgegriffen. Dabei werden wichtige Grundlagen und Kompetenzen aus Wirtschaft und Politik vermittelt.

Der Basislernbaustein ist in seiner Konzeption eine Mischung aus einem

- Arbeitsheft,
- Trainingsbuch und
- Lehrbuch.

Die einzelnen Themen werden mithilfe verschiedener Methoden erarbeitet. Authentische Situationen und Ereignisse greifen die persönliche Lebens- und Erfahrungswelt Jugendlicher auf.

Der Basislernbaustein ist klar gegliedert. Das folgende Symbol ist ein Hinweis für die Möglichkeit zur Teamarbeit.

Wir wünschen Ihnen bei der Arbeit mit dem Basislernbaustein „Betrifft Sozialkunde/Wirtschaftslehre" viel Spaß und viel Erfolg.

Alfons Axmann, Manfred Scherer und Bernd Utpatel

Hinweis zu Seite 26

Welcher Geldtyp bin ich?

10 bis 25 Punkte:	**Geld-Fuchs** Sie sind souverän im Umgang mit Geld und sind über Finanzfragen sehr gut informiert. Zuweilen sind Sie aber übertrieben vorsichtig und kleinlich.
26 bis 39 Punkte:	**Geld-Profi** Sie bewahren den Überblick in Geldangelegenheiten und handeln zumeist wohlüberlegt. Ihre Vorsicht ist richtig.
40 bis 55 Punkte:	**Geld-Sponti** Sie handeln oft emotional und spontan, zuweilen auch unüberlegt. Ein überlegter Umgang mit Geld bei wichtigen Entscheidungen ist ratsam.
56 bis 70 Punkte:	**Geld-Luftikus** Sie handeln in Geldangelegenheiten oft unüberlegt und laufen Gefahr, den Überblick zu verlieren. Ein bewusster Umgang mit Geld ist unbedingt erforderlich.

1 WISO find' ich gut

Jugend, Wirtschaft und Politik

Spritpreise steigen erneut

Schlag gegen Musik-Piraterie

Wählen schon mit 16?

Ausbildungspakt schafft 20.000 zusätzliche Lehrstellen

Online-Kunden abgezockt

Smartphone-Abzocke

Electronic-Cash statt Bargeld

Bundespräsident mahnt Selbstkontrolle der Medien an

Welches Interesse haben junge Leute an Politik, Gesellschaft und Wirtschaft, und wie ist es um ihre Kenntnisse bestellt? Was bestimmt ihren Umgang mit Geld, und wie sehen ihre Erfahrungen mit ihrer Bank oder Sparkasse aus?

Die Umfrage über gesellschaftliche, politische und wirtschaftliche Interessen lässt sich leicht erweitern.

In weiteren Fragen können z. B. Wissensstand und gewünschte Themen im WISO-Unterricht erfasst werden.

2. Formulieren Sie in Ihrer Lerngruppe weitere Fragen, führen Sie eine Umfrage durch und werten Sie diese aus.

1. Führen Sie eine Umfrage in Ihrer Lerngruppe durch und werten Sie diese aus:

Für Politik interessiere ich mich ...

Auswertung

	Gesamt	Prozent
❒ **sehr stark**		
❒ **stark**		
❒ **etwas**		
❒ **kaum**		
❒ **gar nicht**		

Für Wirtschaft interessiere ich mich ...

Auswertung

	Gesamt	Prozent
❒ **sehr stark**		
❒ **stark**		
❒ **etwas**		
❒ **kaum**		
❒ **gar nicht**		

Über wirtschaftliche Zusammenhänge erwarte ich Informationen von ...

Auswertung (Mehrfachnennungen möglich!)

	Gesamt	Prozent
❒ **den Medien**		
❒ **der Schule**		
❒ **den Eltern**		
❒ **den Banken**		

- **1. Stellen Sie die Ergebnisse Ihrer Umfrage in einem Kreisdiagramm bzw. in einem Balkendiagramm dar.**
- **2. Vergleichen Sie Ihr Umfrageergebnis mit dem der Jugendstudie.**

Für Politik interessiere ich mich ...

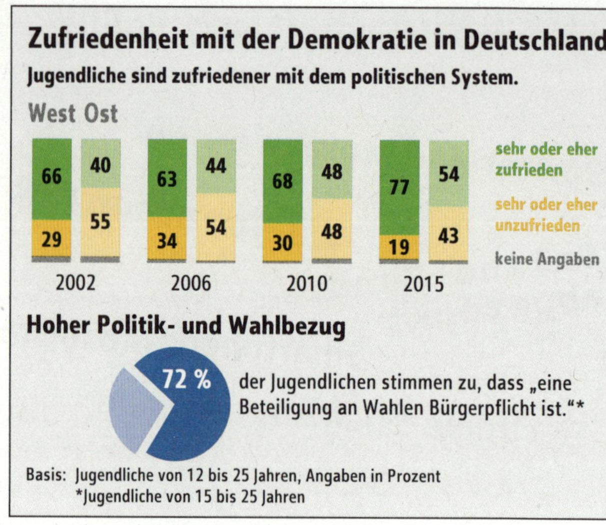

Eigene Grafik nach Zahlen der Shell-Jugendstudie 2015.

Für Wirtschaft interessiere ich mich ...

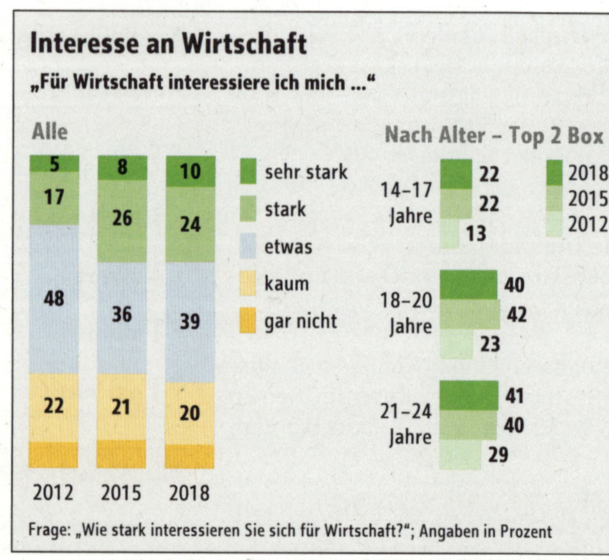

Eigene Grafik nach Zahlen des Bundesverband deutscher Banken: Jugendstudie 2018.

Über wirtschaftliche Zusammenhänge erwarte ich Informationen von ...

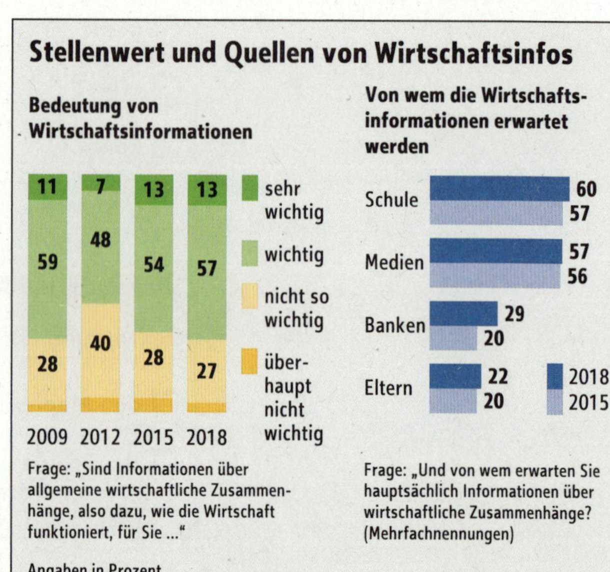

Eigene Grafik nach Zahlen des Bundesverband deutscher Banken: Jugendstudie 2018

2 Wirtschaften und Haushalten

2.1 Wollen – Brauchen – Haben

Bedürfnisse und Bedarf

1. Nicht alle Wünsche können in Erfüllung gehen. Wie verhalten Sie sich, um möglichst viele Wünsche Wirklichkeit werden zu lassen?

____

____

2. Um welche Bedürfnisse muss sich jeder Mensch zuerst sorgen?

____

____

Jeder Mensch, gleich wann, wo und wie er lebt, hat Wünsche bzw. Bedürfnisse, die er befriedigen möchte.

Doch nicht alle Wünsche können erfüllt werden, da die Geldmittel nicht ausreichen. Um sich möglichst viele Bedürfnisse und Wünsche erfüllen zu können, muss der Mensch wirtschaften.

Dies heißt, er muss die vorhandenen knappen Mittel sinnvoll zur Bedürfnisbefriedigung einsetzen.

Sie haben sich für ein neues Smartphone entschieden. Brauchen Sie es wirklich oder wollen Sie es nur haben?
Zwischen „wollen", „brauchen" und „haben" verläuft der mitunter schmale Grat zwischen Bedürfnis, Bedarf und Kaufentscheidung.

3. Sammeln Sie Gründe für eine Kaufentscheidung.

- ______________________________
- ______________________________
- ______________________________
- ______________________________
- ______________________________

Bedürfnisarten

Bedürfnisse sind nicht alle gleichwertig. Es gibt **Grundbedürfnisse**, die jeder Mensch befriedigen muss, um leben zu können.
Dazu gehören Nahrung, Kleidung und Wohnung. Es ist aber eine Tatsache, dass ein Teil der Weltbevölkerung auch diese Existenzbedürfnisse kaum befriedigen kann. Hungerkatastrophen zeugen davon.

Daneben gibt es Bedürfnisse, deren Befriedigung nicht lebensnotwendig ist, die zum Leben in einer Gesellschaft normalerweise aber dazugehören.
Diese **Kulturbedürfnisse** sind je nach Kulturkreis verschieden. Bildung, Unterhaltung oder Kunst gehören bei uns ebenso dazu wie die Massenbedürfnisse Telefon, Auto oder Fernsehgerät.

1. Ordnen Sie die folgenden Bedürfnisse den drei Bedürfnisarten (Grund-, Kultur- oder Luxusbedürfnisse) zu: Äpfel – Brot – Champagner – Hemd – Kaviar – Klavier – Mantel – Mietwohnung – Motorjacht – Open-Air-Konzert – Radio – Smartphone – Weltreise – Laptop

Grundbedürfnisse	Kulturbedürfnisse	Luxusbedürfnisse

2. Viele Luxusbedürfnisse von gestern zählen heute zu den Kulturbedürfnissen.
a) Nennen Sie Beispiele.

Weitergehende Bedürfnisse werden als **Luxusbedürfnisse** bezeichnet. Sie können von den meisten Bürgern nicht befriedigt werden. Viele frühere Luxusbedürfnisse sind heute zu Kulturbedürfnissen geworden.

b) Wie lässt sich das erklären?

3. Für viele Menschen sind Existenzbedürfnisse schon Luxusbedürfnisse. Erläutern Sie diese Aussage.

Vom Bedürfnis zum Bedarf

Der Verkäufer und der Elch

Kennt ihr das Sprichwort „Dem Elch eine Gasmaske verkaufen"?
Das sagt man in Schweden von jemandem, der sehr tüchtig ist, und ich möchte jetzt erzählen, wie es zu diesem Sprichwort gekommen ist.
Es gab einmal einen Verkäufer, der war dafür berühmt, dass er allen alles verkaufen konnte.
Er hatte schon einem Zahnarzt eine Zahnbürste verkauft, einem Bäcker ein Brot und einem Obstbauern eine Kiste Äpfel.
„Ein wirklich guter Verkäufer bist du aber erst", sagten seine Freunde zu ihm, „wenn du einem Elch eine Gasmaske verkaufst."
Da ging der Verkäufer so weit nach Norden, bis er in einen Wald kam, in dem nur Elche wohnten.
„Guten Tag", sagte er zum ersten Elch, den er traf, „Sie brauchen bestimmt eine Gasmaske."
„Wozu?", fragte der Elch. „Die Luft ist gut hier."
„Alle haben heutzutage eine Gasmaske", sagte der Verkäufer.
„Es tut mir leid", sagte der Elch, „aber ich brauche keine."
„Warten Sie nur", sagte der Verkäufer. „Sie brauchen schon noch eine."
Und wenig später begann er mitten in dem Wald, in dem nur Elche wohnten, eine Fabrik zu bauen.
„Bist du wahnsinnig?", fragten seine Freunde.
„Nein", sagte er, „ich will nur dem Elch eine Gasmaske verkaufen."
Als die Fabrik fertig war, stiegen so viel giftige Abgase aus dem Schornstein, dass der Elch bald zum Verkäufer kam und zu ihm sagte: „Jetzt brauche ich eine Gasmaske."
„Das habe ich gedacht", sagte der Verkäufer und verkaufte ihm sofort eine. „Qualitätsware!", sagte er lustig.
„Die anderen Elche", sagte der Elch, „brauchen jetzt auch Gasmasken. Hast du noch mehr?" (Elche kennen die Höflichkeitsform mit „Sie" nicht.)
„Da habt ihr Glück", sagte der Verkäufer, „ich habe noch Tausende."
„Übrigens", sagte der Elch, „was machst du in deiner Fabrik?"
„Gasmasken", sagte der Verkäufer.

Quelle: Hohler, Franz: Der Verkäufer und der Elch. In: Ein eigenartiger Tag. Darmstadt: Luchterhand 1979, S. 74–75.

1. Zeigen Sie auf, inwiefern in der Satire Bedürfnis und Bedarf kritisch beleuchtet werden.

2. Übertragen Sie die Aussage der Satire auf Produkte und Güter, die ähnlich kritisch zu betrachten sind.

3. Robinsonspiel

Sie wurden vom Fernsehsender für eine neue Reihe des Robinsonspiels eingeladen. Ihre erste Aufgabe ist es, sich für zehn Dinge zu entscheiden, die Sie für den zweiwöchigen Inselaufenthalt benötigen. Für Essen und Trinken ist gesorgt.
Notieren Sie Ihre zehn Gegenstände und begründen Sie Ihre Entscheidung.

1. ______
2. ______
3. ______
4. ______
5. ______
6. ______
7. ______
8. ______
9. ______
10. ______

2.2 Sachen – Dienste – Rechte

Urheberrecht

1. Wie würden Sie diese Frage beantworten?

2. Lesen Sie den folgenden Informationstext, markieren Sie wichtige Aussagen und notieren Sie Stichworte zum Inhalt.

Privatkopien sind eine Ausnahme!

Grundsätzlich ist es nicht erlaubt, Musik ohne Erlaubnis der Rechteinhaber zu kopieren. Eine Besonderheit des deutschen Rechts ist, dass einzelne Vervielfältigungen zum privaten Gebrauch gemäß § 53 Abs. 1 UrhG ausnahmsweise zulässig sind (Privatkopien). Allerdings nur dann, wenn der Tonträger nicht durch einen Kopierschutz geschützt ist. Das Knacken des Kopierschutzes – auch zum privaten Gebrauch – ist verboten. [...]

Privatkopien dürfen nicht für die Verbreitung oder öffentliche Wiedergabe benutzt werden!

Der privaten Vervielfältigung sind jedoch enge Grenzen gesetzt. Als Schrankenregelung ist § 53 darüber hinaus auch grundsätzlich eng auszulegen (BGHZ 134, S. 250 ff.). Zulässig sind gem. § 53 Abs. 1 UrhG „einzelne Vervielfältigungen eines Werkes durch eine natürliche Person zum eigenen privaten Gebrauch auf beliebigen Trägern, sofern sie weder unmittelbar noch mittelbar Erwerbszwecken dienen und soweit nicht zur Vervielfältigung eine offensichtlich rechtswidrig hergestellte Vorlage verwendet wird." [...]

Privatkopien dürfen nicht zu dem Zweck hergestellt werden, sie zu verkaufen, zu tauschen oder zu verschenken!

Es dürfen also immer nur einige wenige Kopien angefertigt werden. Zulässig ist die Vervielfältigung nur für den privaten, eigenen Gebrauch, wozu auch noch der (Mit-)Gebrauch durch Familienangehörige oder enge Freunde zählt. Die Vervielfältigung ist jedoch nur zulässig, wenn der private Gebrauch auch tatsächlich bezweckt ist.

Das ist nicht mehr der Fall, wenn die Vervielfältigung von vornherein mit der Absicht geschieht, die Kopie zu verkaufen, zu tauschen oder zu verschenken. Denn in diesen

Fällen kann derjenige, der die Kopie anfertigt, sie gerade nicht mehr benutzen, sodass kein eigener Gebrauch bezweckt ist, sondern der Gebrauch durch einen anderen. [...]

Privatkopien dürfen nicht gegen Bezahlung durch „Dritte" hergestellt werden!
§ 53 Abs. 1 Satz 2 UrhG lässt zwar auch die Kopie durch einen Dritten zu. Dieser darf aber stets nur auf Bestellung und darüber hinaus auch nur unentgeltlich tätig werden. Anders als beispielsweise beim Kopieren von Printmedien in Copyshops dürfen aus dem Kopieren von Tonaufnahmen also keine Einkünfte erzielt werden. [...]

Privatkopien dürfen nicht von einer illegalen Vorlage erstellt werden!
Ungeschriebenes Tatbestandsmerkmal des § 53 Abs. 1 UrhG ist, dass die Kopiervorlage rechtmäßig erlangt worden sein muss. Illegal erlangte CDs dürfen also auch nicht zum privaten Gebrauch kopiert werden. Es muss sich bei der Kopiervorlage aber nicht um eine eigene CD handeln. Auch von offensichtlich rechtswidrig hergestellten Vorlagen darf keine Privatkopie hergestellt werden. Das bedeutet: Die Kopie einer evidenten Raubkopie ist illegal. [...]

Privatkopien dürfen nicht für die Verbreitung oder öffentliche Wiedergabe benutzt werden!
Zu beachten ist ferner, dass die einmal rechtmäßig hergestellten Vervielfältigungsstücke keinesfalls später verbreitet oder zu öffentlichen Wiedergaben benutzt werden dürfen (§ 53 Abs. 6 UrhG). Das bedeutet, dass auch Kopien, die ursprünglich für den privaten Gebrauch hergestellt wurden, später nicht öffentlich angeboten, verkauft, verschenkt oder in der Öffentlichkeit abgespielt werden dürfen. Auch das Bereitstellen von Musikkopien in sogenannten „Internet-Tauschbörsen" ist nicht erlaubt. [...]

Der Missbrauch der Privatkopie ist strafbar!
Wer ohne die ausdrückliche Zustimmung nur eines der Rechteinhaber Tonaufnahmen außerhalb des eng begrenzten Rahmens des § 53 UrhG kopiert, handelt rechtswidrig und macht sich sogar strafbar (vgl. §§ 106, 108 Abs. 1 Nr. 4 und 5 UrhG).

Quelle: Bundesverband Musikindustrie e.V.: Privatkopien sind eine Ausnahme! In: www.musikindustrie.de/privatkopien [24.10.2018].

1. Welches Recht erwerbe ich mit dem Kauf einer CD?

____

____

2. Wer ist Rechteinhaber einer CD und was bedeutet das?

____

____

3. Ergänzen Sie die folgende Aussage:

Was die Brötchen für den Bäcker sind, sind ______________________ für den Musiker.

4. „Kannst du mir von der neuen CD eine Kopie brennen?" Wie muss die Frage beantwortet werden?

____

____

Arten von Gütern

Die meisten Güter sind knapp, sodass damit wirtschaftlich gehandelt werden muss. Nur wenige Güter sind unbegrenzt, frei verfügbar und kostenlos. Zu den freien Gütern zählen z. B. Luft, Sonne und in einigen wenigen Gebieten Wasser. Auch **freie Güter** können zu wirtschaftlichen Gütern werden, z. B. die Luft, wenn sie in der Raumfahrt oder beim Tauchen gebraucht wird. Die **wirtschaftlichen Güter** lassen sich in Sachgüter, Dienstleistungen und Rechte einteilen.

Sachgüter sind Waren, die gebraucht oder verbraucht werden. Werden sie zur Herstellung von anderen Gütern eingesetzt, handelt es sich um **Produktionsgüter**; dienen sie dem Verbrauch der privaten Haushalte, werden sie als **Konsumgüter** bezeichnet. So ist ein Auto für den Verbraucher ein Konsumgut, während es für ein Unternehmen als Firmenwagen ein Produktionsgut ist. Das Auto ist aber für beide ein Gebrauchsgut; dagegen ist das Benzin für das Fahrzeug ein Verbrauchsgut. Als **Verbrauchsgüter** gelten alle Güter, die einmal benutzt werden; **Gebrauchsgüter** sind mehrmals benutzbar und längerlebig.

Viele Güter werden als **Dienstleistungen** angeboten. Die Leistungen von Krankenhäusern, Versicherungen, Reisebüros, Schulen, Handel oder Banken sind Dienste, die als wirtschaftliche Güter in Anspruch genommen werden können. Die Nachfrage nach Dienstleistungen ist in den letzten Jahren gegenüber den Sachgütern deutlich größer geworden. Erklärbar ist dies u. a. durch den gewachsenen Lebensstandard und den größeren Bedarf nach Freizeitgestaltung. Deshalb bezeichnet man unsere Volkswirtschaft auch als Dienstleistungsgesellschaft.

Auch **Rechte** sind ein wirtschaftliches Gut und als geistiges Eigentum geschützt. Zu solchen Rechten zählen neben Urheberrechten Patente, Lizenzen und eingetragene Markennamen. Sie werden wie andere Güter verkauft und gekauft.

■ **Setzen Sie in das Schaubild die oben fett gedruckten Begriffe sinnvoll ein:**

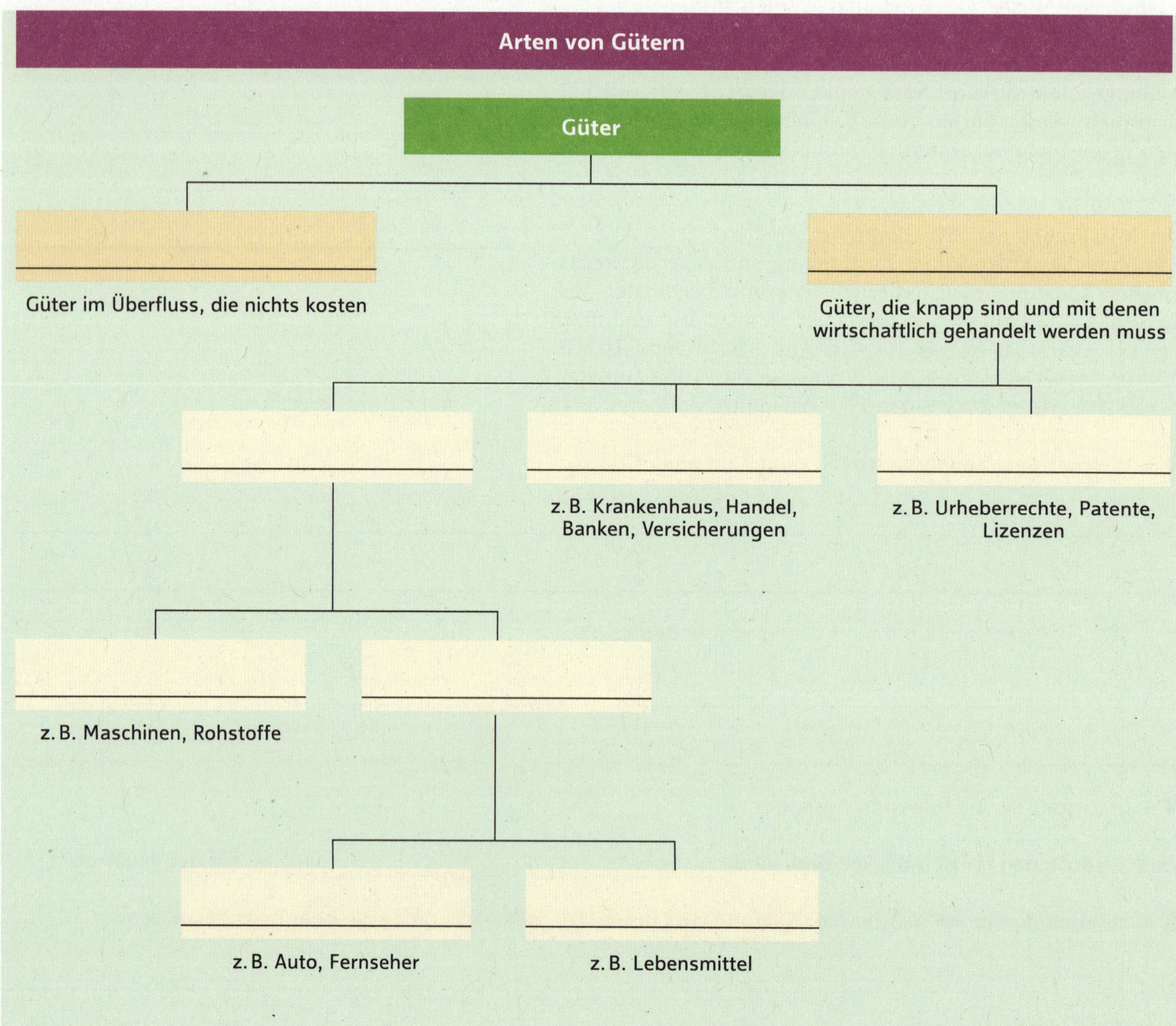

Marken und Warenzeichen

Rechte im Überblick

Eine **Marke** – auch unter dem Begriff **Warenzeichen** bekannt – ist rechtlich ein besonderes Zeichen, das dazu dient, im Handelsverkehr bestimmte Waren oder Dienstleistungen eines Unternehmens von gleichartigen Waren und Dienstleistungen anderer Unternehmen zu unterscheiden. Häufig werden Warenzeichen mit einem ® (in Deutschland verwendet) oder ™ (trademark – vor allem von amerikanischen Firmen gebraucht) als Hinweis auf den eingetragenen Markenschutz gekennzeichnet.

Gütesiegel im Internet sorgen für Verbraucherschutz und garantieren den Kunden, dass die Unternehmen Mindeststandards einhalten. Den Konsumenten ermöglichen sie auch die Rückerstattung des Kaufpreises. Existenzgründern bieten sie eine komplette Softwareoberfläche zum Start als Internetshop. Gütesiegelunternehmen haben sich unter dem Dach der Initiative D21 zusammengeschlossen.

Folgende Gütesiegel für Verbrauchergeschäfte werden von der Initiative D21 empfohlen:

1. Führen Sie weitere Waren- oder Markenzeichen an.

2. Führen Sie weitere Gütesiegel an.

3. Informieren Sie sich auf der Internetseite www.internet-guetesiegel.de über die oben angeführten Gütesiegel.

2.3 Mit den Mitteln haushalten

Ökonomisches Prinzip

Statt Gold nur Neunter bei Olympia

Bei den Olympischen Spielen in Los Angeles galt der deutsche Schwimmer Thomas Fahrner als Mitfavorit über 400 m Freistil. Fahrner gewann seinen Vorlauf. Im anschließenden Qualifikationslauf hätte die achtbeste Zeit gereicht, um ins Finale zu kommen. Der deutsche Schwimmer wollte seine Kräfte für den Endlauf schonen, verspekulierte sich aber. Er schwamm nur die neuntbeste Zeit. Das Finale fand ohne ihn statt.

Im B-Finale hingegen schwamm Thomas Fahrner olympischen Rekord und damit schneller als der Olympia-Sieger George Dicarlo (USA) im A-Finale. Trotz Bestzeit bei den Olympischen Spielen wurde Fahrner nur Neunter.

1. Mit welcher Überlegung ist der Schwimmer an den Start zum Vorlauf gegangen?

2. Welches Ziel hatte Thomas Fahrner im B-Finale?

3. Erläutern Sie, wie der Schwimmer seine Kräfte im Vorlauf und wie er sie im B-Finale eingesetzt hat.

Der Fall des Schwimmers zeigt, dass **wirtschaftliches Handeln** erfordert, die Mittel richtig einzusetzen, um die gesteckten Ziele zu erreichen. Dieses wirtschaftliche (ökonomische) Prinzip gilt für private Haushalte wie für Unternehmen. Dabei lassen sich zwei Formen des **ökonomischen Prinzips** unterscheiden: das Maximal- und das Minimalprinzip.

Beim **Minimalprinzip** soll ein bestimmtes Ziel mit möglichst geringen (minimalen) Mitteln erreicht werden. Beim **Maximalprinzip** soll ein bestmögliches (maximales) Ergebnis mit einem bestimmten Mitteleinsatz erzielt werden.

In Unternehmen finden beide Prinzipien ihre Anwendung. Umsatz und Gewinn richten sich in der Regel nach dem Maximalprinzip, während z.B. beim Einsatz von Rohstoffen und Energie das Minimalprinzip (Sparprinzip) gilt. Gerade umweltschonendes Produzieren erfordert dieses Sparprinzip.

Auch die privaten Haushalte bedienen sich der beiden wirtschaftlichen Prinzipien. Indem z. B. der Verbraucher Angebote vergleicht, um möglichst preiswert einzukaufen, wendet er das Minimalprinzip an. Der Sparer sucht nach dem Maximalprinzip die beste Anlageform für seine Ersparnisse.

4. Warum kann das Minimalprinzip auch als Sparprinzip bezeichnet werden?

A GEIZ IST GEIL	*Quelle: Kaloff, Constantin: Geiz ist geil (Werbeslogan der Elektronikhandelskette Saturn 2002 – 2011). In: de.wikipedia.org. 27.06.2018. https://de.wikipedia.org/wiki/Geiz_ist_geil [24.10.2018].*
B Halber Preis, fürs ganze Volk	*Quelle: Deutsche Bahn AG: BahnCard - Spart bei jeder Fahrt (Werbeslogan). In: 25 Jahre BahnCard: „Spart bei jeder Fahrt". 17.10.2017. www.stroeer.de/wissen-inspiration/marktnachrichten/news-artikel//25-jahre-bahncard-spart-bei-jeder-fahrt.html [24.10.2018].*
C Kaum zu glauben, Markenschuhe so günstig	*Quelle: Deichmann SE: Kaum zu glauben, Markenschuhe so günstig (Werbeslogan). In: Deichmann – Eine Zeitreise 1913–2017. https://corpsite.deichmann.com/wp-content/uploads/2018/01/Chronik_deichmann_D_151217.pdf [24.10.2018].*
D Wohnst Du noch oder lebst Du schon?	*Quelle: IKEA Deutschland GmbH & Co. KG: Wohnst du noch oder lebst du schon? (Werbeslogan). In: www.slogans.de/slogans.php?GInput=wohnst&SCheck=1 [24.10.2018].*
E Bei diesen Preisen muss man reisen	*Quelle: TUI Deutschland GmbH: Bei diesen Preisen muss man reisen (Werbeslogan). In: www.1-2-fly.com/ueber-uns/infos-zu-1-2-fly [24.10.2018].*

1. An welches ökonomische Prinzip wird in den Werbeslogans appelliert?

A: ______________________________

B: ______________________________

C: ______________________________

D: ______________________________

E: ______________________________

2. Welches ökonomische Prinzip wird angewandt? Begründen Sie Ihre Entscheidung.

a) Die Normalleistung eines Akkordarbeiters beträgt 680 Stück pro Arbeitstag. Heute hat der Arbeiter 730 Stück bearbeitet.

Prinzip:	**Begründung:**

b) Die Benzinpreise sind wieder gestiegen. Frau Wetzlar kann durch eine defensive Fahrweise den Benzinverbrauch um 1,5 l/100 km senken.

Prinzip:	**Begründung:**

c) Der Schreinergeselle F. Jäger hat einen Verbesserungsvorschlag eingereicht. Durch eine andere Zuschneidetechnik fällt weniger Verschnitt an.

Prinzip:	**Begründung:**

d) Durch den Verbesserungsvorschlag des Schreinergesellen F. Jäger können aus einem Holzstück zwei Teile mehr zugeschnitten werden.

Prinzip:	**Begründung:**

2.4 Ohne Moos nichts los

Konsumverhalten von Jugendlichen

Umfragen nach dem Konsumverhalten (Bedarf) haben gezeigt, dass Jugendliche noch zahlreiche Wünsche (Bedürfnisse) haben. Im Bereich Multimedia sind die Jugendlichen schon im Besitz der angebotenen Geräte.

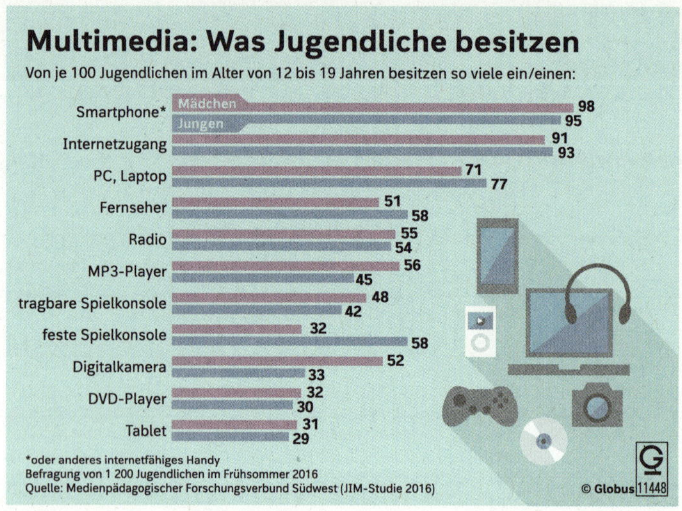

■ **1. Wie erklären Sie sich, dass das Smartphone beim Besitz an erster Stelle steht?**

■ **2. Wo sind die Besitzverhältnisse zwischen Jungen und Mädchen noch unterschiedlich hoch?**

■ **3. Woran scheitert es oft, dass sich nicht alle Wünsche erfüllen lassen?**

■ **4. Führen Sie in Ihrer Lerngruppe eine Umfrage in Anlehnung an die Grafik „Was Jugendliche besitzen" durch. Halten Sie die Ergebnisse in einer Grafik fest.**

Besitz und Wünsche der Lerngruppe

Funktionen des Geldes

„Ohne Moos nichts los." Diese Redewendung macht deutlich, dass sich viele Wünsche nur mit Geld verwirklichen lassen.

1. Welche beiden Verwendungsmöglichkeiten des Geldes werden in der nebenstehenden Collage deutlich?

a) ____

____

b) ____

____

Die Redewendung „Geld regiert die Welt" weist auf die Bedeutung und Macht des Geldes hin. Tatsächlich hat das Geld in Wirtschaft und Gesellschaft wichtige Funktionen.

2. Ergänzen Sie den Informationstext sinnvoll durch folgende Begriffe:
Taschengeld – Wertmaßstabes – Kreditinstituten – Wertübertragungsmittels – Tauschmittel – Wertaufbewahrungsmittel – Euro – gesetzliches Zahlungsmittel

Funktionen des Geldes

Geld ist ein allgemein anerkanntes Zahlungsmittel, mit dem Güter und Dienstleistungen gekauft werden können. Der Staat oder eine Staatengemeinschaft bestimmt, welches Geld in seinem Hoheitsgebiet als ______________ ______________________________ zugelassen ist. In der Bundesrepublik Deutschland und in weiteren 18 EU-Ländern ist dies der ____________________.

Geld erleichtert den Handel mit Waren und Dienstleistungen. Mit Geld ist es möglich, Ware gegen Geld problemlos zu tauschen. Das umständliche Tauschen von Ware gegen Ware ist überflüssig; Geld hat die Funktion als ______________________________ übernommen.

„Alles hat seinen Preis." Preise werden in Geldeinheiten (Euro, Cent) ausgedrückt. Geld ermöglicht es, den Wert von Waren und Dienstleistungen zu bestimmen und zu vergleichen. Das Geld hat die Funktion eines __________ ______________________________ und Rechenmittels.

„Geld stinkt nicht." Der Mensch bewahrt Waren für Notfälle auf. Waren können verderben. Deshalb ist Geld als Vorsorge für Notfälle besser geeignet. Sinnvoll ist es, Geld bei ______________________________ aufzubewahren, da es hier – anders als in Omas Sparstrumpf – Zinsen bringt und seine Funktion als ______________ ______________________ erhalten kann.

„Geld geschenkt – gut geschenkt!" Statt Waren lassen sich auch Geldbeträge verschenken. Dabei wird es ohne Gegenleistung auf andere Personen übertragen. Dies ist z. B. beim __________________________ oder bei einem Geschenkgutschein der Fall. Geld hat die Funktion eines ______________________________.

Sicherheitsmerkmale bei Banknoten

Unser gesetzliches Zahlungsmittel ist der Euro. Zum Schutz vor Fälschungen sind die Banknoten mit einer Reihe von Sicherheitsmerkmalen versehen. Die Sicherheit beginnt bereits bei dem verwendeten Spezialpapier. Außerdem hat jede Banknote zusätzliche Sicherheitsmerkmale: Wasserzeichen, fühlbares Druckbild, Smaragdzahl, Hologramm, Glanzstreifen, Sicherheitsfaden, Mikroschrift. Bei einigen Banknoten sind zusätzliche Sicherheitsmerkmale vorhanden: Durchsichtsregister, Farbwechsel.

1. Ordnen Sie die Sicherheitsmerkmale den Pfeilen zu und beschriften Sie die Felder.

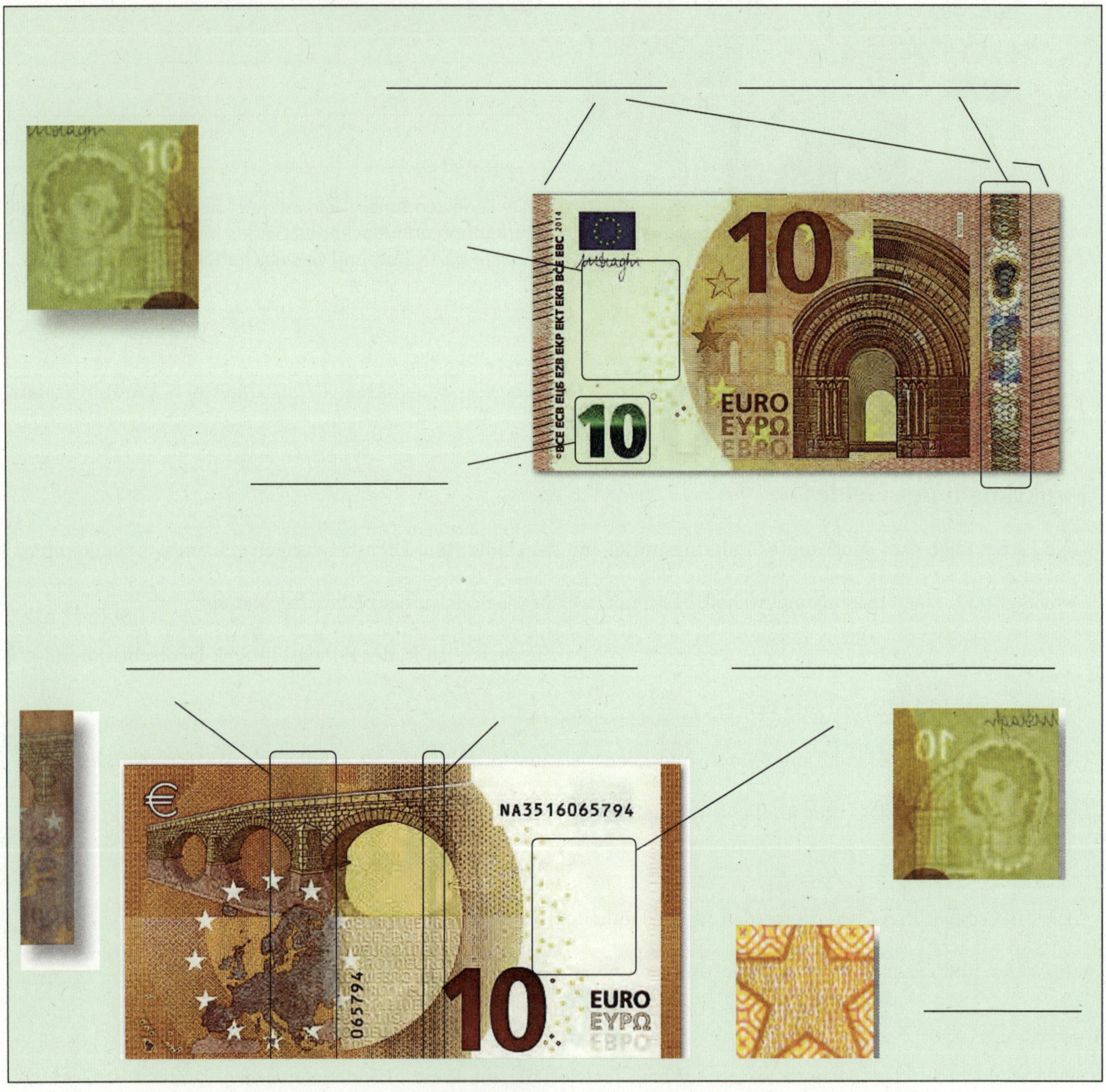

2. Informieren Sie sich auf den folgenden Internetseiten über das Geld und den Euro: www.geldmuseum.de, www.bundesbank.de oder www.neue-euro-banknoten.eu

Verwendung des Taschengeldes

Wofür geben Jugendliche ihr Geld aus?

In den letzten Jahren haben Kinder und Jugendliche zwischen 6 und 19 Jahren stark an Kaufkraft zugelegt. Diese Gruppe umfasst in Deutschland etwa acht Millionen Menschen und verfügt über Einnahmen von fast 23 Milliarden €. Für was geben Jugendliche Geld aus? Eine Studie von „iconkids & youth" ist dieser Frage nachgegangen: www.iconkids.com/publikationen/medien/studien.

1. Wie viel Taschengeld haben Sie monatlich zur Verfügung?

____

2. Wofür wird das Taschengeld verwendet?

Laut der oben genannten Studie geben Jugendliche ihr Taschengeld vor allem für die folgenden Güter aus:

Fahrrad, Mofa, Moped, Auto – Fastfood-Restaurants – Getränke – Hobbys – Kleidung, Mode – Kneipe, Disco u. Ä. – Körper- und Haarpflege – Rauchen – Smartphonegebühren – Süßigkeiten und Eis

3. Ordnen Sie die oben stehenden Bereiche den Prozentzahlen zu:

WOFÜR GEBEN JUGENDLICHE IHR GELD AUS?

Bereich	Angaben Mrd. Euro
	4,1
	1,6
	1,3
	1,2
	1,0
	0,9
	0,9
	0,9
	0,8
	0,5

Quelle: Globus-Grafik 12008: Konsumfreudige Jugend 2017.

2.5 Mit Geld umgehen

Haushaltsbuch

Reinhold Klein will sich einen Überblick über seine Einnahmen und Ausgaben im Monat Mai verschaffen. Dazu hat er sämtliche Belege gesammelt.

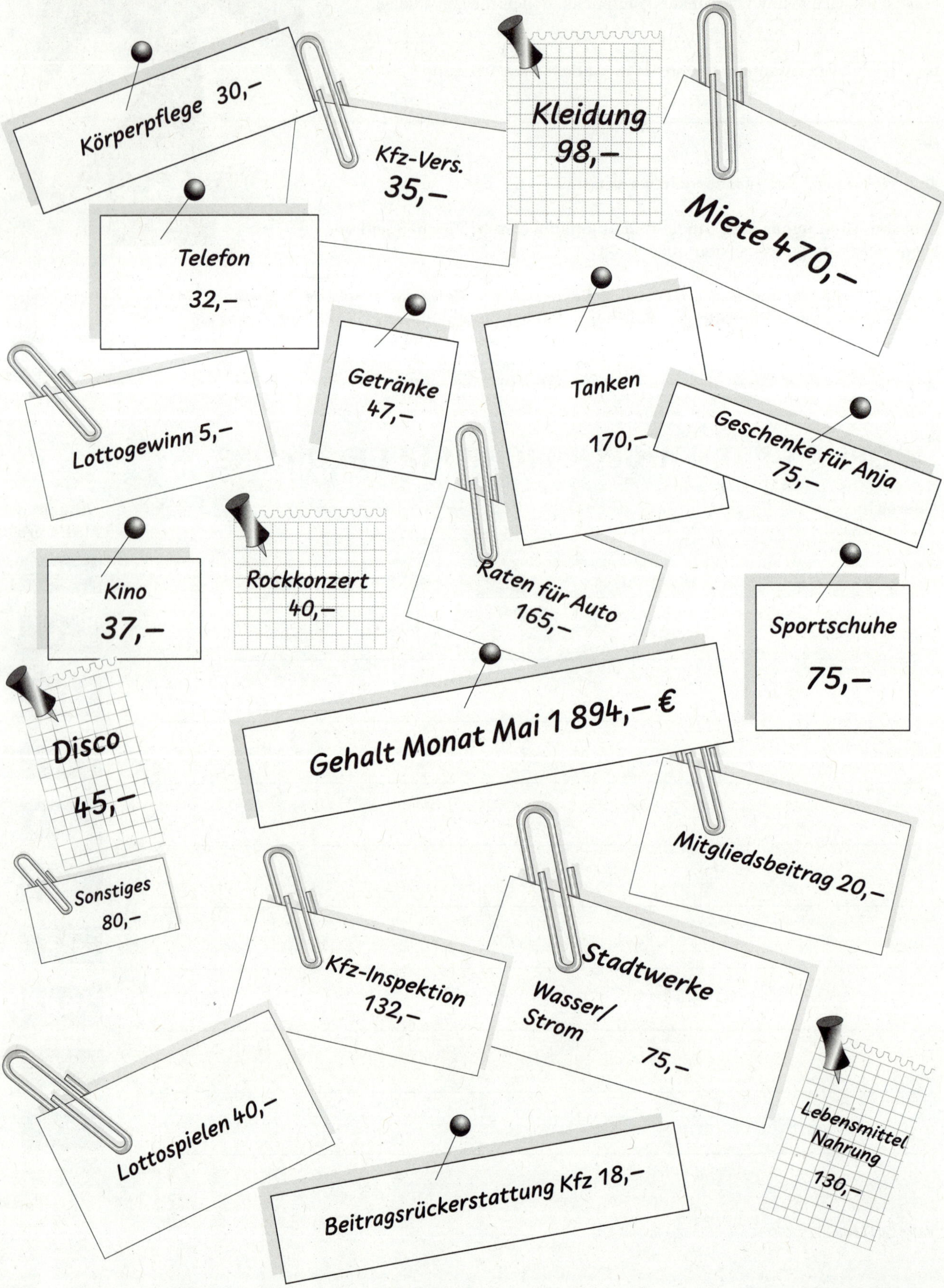

■ Sortieren Sie die Belege nach Einnahmen und Ausgaben. Errechnen Sie, ob Reinhold mit seinem Einkommen auskommt.

Einnahmen	**Beleg**	**Betrag**
	Gesamteinnahmen:	

Ausgaben	**Beleg**	**Betrag**

Planspiel: Ohne Moos nix los

Mit diesem Spiel lässt sich realistisch der Umgang mit Geld einüben. Die Spielerinnen und Spieler sollen wie im täglichen Leben Monat für Monat mit dem Geld auskommen und mit den Alltagsschwierigkeiten fertig werden nach dem Motto: „Stell dir vor, du hast 'ne Bude, ein Auto und ein Einkommen und das ein ganzes Jahr lang." Den genauen Spielverlauf findet man unter: http://www.sowi-online.de/praxis/methode/planspiel_ohne_moos_nix_los.html.

**1. Reinhold Klein will im September eine Urlaubsreise machen. Dafür will er noch 750,00 € sparen. Errechnen Sie, wie viel er im Monat Mai bereits für die Reise zurücklegen kann.
(Tipp: Wenn die Quersumme des gesparten Geldes die Zahl 16 ergibt, haben Sie richtig gerechnet.)**

Gesamteinnahmen	______________
– **Gesamtausgaben**	
= **Gespart**	______________

**2. Mit dem Einkommen auszukommen, ist nicht immer einfach. Viele Ausgaben stehen fest und lassen sich kaum beeinflussen.
Auf welche Ausgaben hat Reinhold keinen Einfluss?**

____

____

3. Heute liest Reinhold die folgende Meldung:

Zigaretten werden wieder teurer

Schlechte Nachrichten für alle Raucher: Ab März dieses Jahres wird eine neue Preisrunde für Zigaretten eingeläutet. Der Preis für eine Schachtel aus dem Automaten wird dann von 6,50 € auf 7,00 € steigen. Packungen mit 20 Stück sollen auf 6,00 € bis 6,50 € angehoben werden. Falls die Tabaksteuer erhöht werden soll, wie einige Politiker lautstark fordern, dürften die Preise für Tabakwaren nochmals steigen.

Zigaretten werden immer teurer

a) Was bedeutet dies im Hinblick auf Reinholds Ausgaben?

____

____

____

b) Wie kann Reinhold auf die Verteuerung reagieren?

____

____

____

____

Das computergestützte Haushaltsbuch:

Übertragen Sie die Ein- und Ausgaben von Reinhold Klein in einen Budgetplaner, zu finden unter: www.geld-und-haushalt.de.
a) Wie verändert sich die Ausgabensituation, wenn Reinhold Klein Ihre Vorschläge berücksichtigt?
b) Gestalten Sie die Ausgabenseite so, dass Reinhold Klein 300,00 € für seinen Urlaub sparen kann.

2.6 Welcher Geldtyp sind Sie?

Der persönliche Test: Welcher Geldtyp sind Sie?

■ **1. Beantworten Sie die Fragen, indem Sie die Antwort ankreuzen, der Sie zustimmen können.**

1. Wer kann am besten beurteilen, was Sie sich finanziell leisten können?

- C Meine Bank, bei der alle meine Einnahmen und Ausgaben verwaltet werden.
- B Das traue ich mir selbst am ehesten zu.
- A Das kann ein unabhängiger Finanz- oder Verbraucherberater am besten.
- D Wenn ich mir etwas leisten will, dann schaffe ich es irgendwie, das zu bezahlen.

2. Was Sie sich schon lange gewünscht haben, ist im Super-Sonderangebot, aber das nötige Kleingeld fehlt leider im Moment. Überziehen Sie Ihr Konto mit der ec-Karte?

- C Ja, wenn ich damit rechnen kann, dass das Konto in ein paar Monaten wieder ausgeglichen ist.
- A Nein, das kommt aus Prinzip nicht infrage.
- B Das kommt auf den Betrag an.
- D Warum nicht? Notfalls muss ich danach den Gürtel eine Weile enger schnallen.

3. Ist es Ihnen schon einmal passiert, dass Sie beim Einkaufen mehr Geld ausgegeben haben, als Sie eigentlich wollten?

- A Normalerweise passiert mir das nicht.
- C Wenn ich shoppen gehe, mache ich vorher keinen Plan, was ich genau kaufen will.
- B Bei tollen Schnäppchen, warum nicht? Da kann ich sogar noch sparen.
- D Ich weiß nicht. Ich kaufe oft mit Karte ein, da fällt das sowieso nicht auf.

4. Was halten Sie davon, jungen Leuten ab 16 Jahren eine Kreditkarte zu geben?

- C Finde ich völlig o.k., weil man früh lernen sollte, seine Schulden wieder zurückzuzahlen.
- D Ist in Ordnung, wenn die Eltern ein ausreichendes Einkommen haben.
- A Das halte ich prinzipiell für bedenklich.
- B Solange man das Konto damit nicht überziehen kann, habe ich keine Bedenken.

5. Heute kann man in Kaufhäusern problemlos mit Karte zahlen. Wie finden Sie das?

- D Ist doch toll, z.B. für einen Spontankauf, wenn man gerade mal nicht flüssig ist.
- C Ich finde das praktisch, weil ich dann nicht so viel Bargeld mit mir rumtragen muss.
- A Das ist zu verführerisch, deshalb bezahle ich grundsätzlich immer bar.
- B Das ist völlig normal, solange man den Überblick behält.

6. Nach welchen Kriterien würden Sie sich für eine bestimmte Bank oder Sparkasse entscheiden?

C Meine Eltern haben dort auch schon ihr Konto.
A Ich schaue mir die Höhe der Gebühren an.
D Egal! Die Banken oder Sparkassen sind im Prinzip alle gleich.
B Die Bank oder Sparkasse sollte in der Nähe meiner Wohnung sein.

7. Welcher der folgenden Sprüche zum Thema Geld findet am ehesten Ihre Zustimmung?

A Geld ist nicht alles, aber ohne Geld ist alles nichts!
B Mit Geld bist du der King, ohne Geld ein Wurm!
C Geld allein macht nicht glücklich!
D Ohne Moos nichts los!

8. Finden Sie es wichtig, „in" zu sein und im allgemeinen Trend zu liegen?

C Wer will schon out sein?
D Ohne Markenkleidung kann man sich doch nirgendwo sehen lassen.
B Ständig „in" zu sein finde ich out.
A Ich achte immer zuerst aufs Geld und dann auf die Marke.

9. Welche Rolle spielen Geschenke in Ihrem Leben?

A Bei Geschenken überlege ich mir als Erstes, wie viel ich ausgeben will.
B Geschenke kaufe ich gern mit anderen zusammen, das ist einfach praktisch.
C Wenn ein Geschenk ein Knüller ist, lege ich schon mal etwas mehr an.
D Freunde und Verwandte sind mir wichtig. Das lasse ich mir etwas kosten.

10. Ein guter Freund will spontan mit Ihnen drei Tage nach Mallorca fliegen, Anmeldefrist morgen. Zeit und Lust hätten Sie schon, aber im Moment sind Sie nicht so flüssig. Was tun?

D Ich melde mich erst einmal an. Irgendwie kriege ich das dann schon geregelt.
C Ich rede mit meiner Bank, ob mein Konto oder Sparbuch spontan so viel hergibt.
B Ich schlafe erst einmal eine Nacht darüber.
A So leid es mir tut: Da muss er eben ohne mich fliegen.

Auswertung:

2. Zählen Sie bitte für jedes angekreuzte A = 1 Punkt, B = 3 Punkte, C = 5 Punkte und D = 7 Punkte. Addieren Sie anschließend die Punkte.

_____ x 7 Punkte = _________ Punkte

_____ x 5 Punkte = _________ Punkte

_____ x 3 Punkte = _________ Punkte

_____ x 1 Punkt = _________ Punkte, insgesamt: _________ Punkte

Welcher Geldtyp Sie sind, können Sie auf Seite 6 nachlesen.

2.7 Auf die hohe Kante legen

Sparen

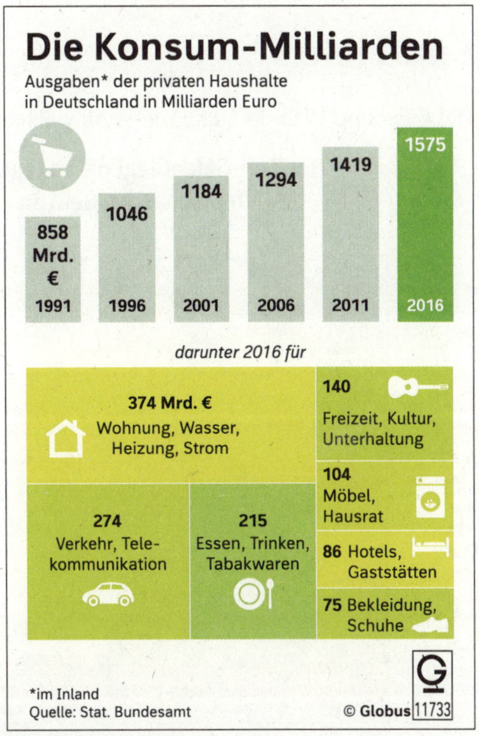

1. Vergleichen Sie die Entwicklungskurve des privaten Konsums mit der Entwicklung der Ersparnisse. Welche Zusammenhänge lassen sich ableiten?

2. Wie erklären Sie sich, dass die Gesamtersparnisse in den letzten Jahren gestiegen sind, die Sparquote sich jedoch nur gering verändert hat?

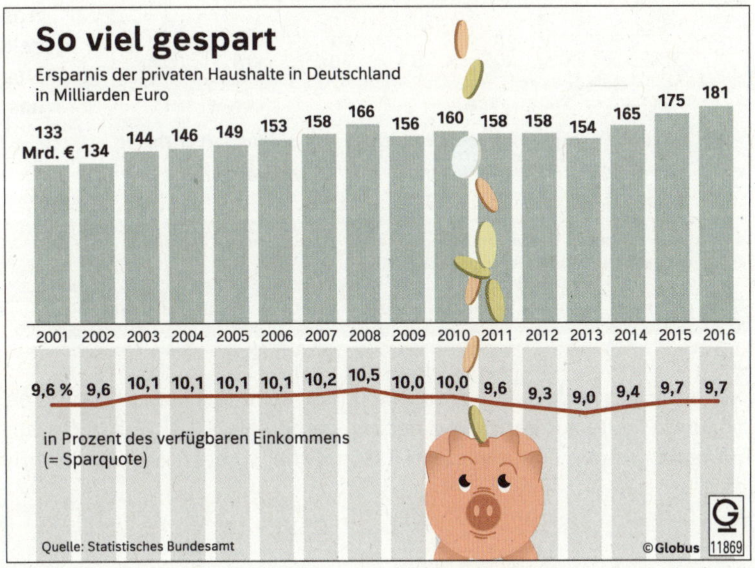

Indem die Haushalte vorübergehend auf Konsum verzichten, können sie einen Teil ihres Einkommens sparen. Die jährliche Sparquote liegt in der Bundesrepublik Deutschland zwischen 9 % und 10,5 %. Viel sparen kann nur, wer viel verdient. Die Sparfähigkeit ist aber nicht allein vom Einkommen abhängig. Die wirtschaftlichen Verhältnisse (z. B. Preise, Löhne, Arbeitslosigkeit, Zinsen), zukünftige Ziele der Haushalte und der Wille zum Sparen beeinflussen die Sparquote.

3. Ergänzen Sie die folgenden Sprichwörter und Redewendungen:

a) Spare in der Zeit, ______

b) Wer den Cent nicht ehrt, ______

c) Wer keinen Cent sparen kann, ______

Sparen ist nicht nur beim Geld, sondern auch in anderen Lebensbereichen sinnvoll, z. B. Strom sparen im Haushalt.

4. Nennen Sie weitere Bereiche, in denen Sparen sinnvoll ist.

Sparziele

Die Ziele und Gründe zu sparen sind vielschichtig.

Top-Ten-Geldanlagen – so legen die Deutschen ihr Geld an

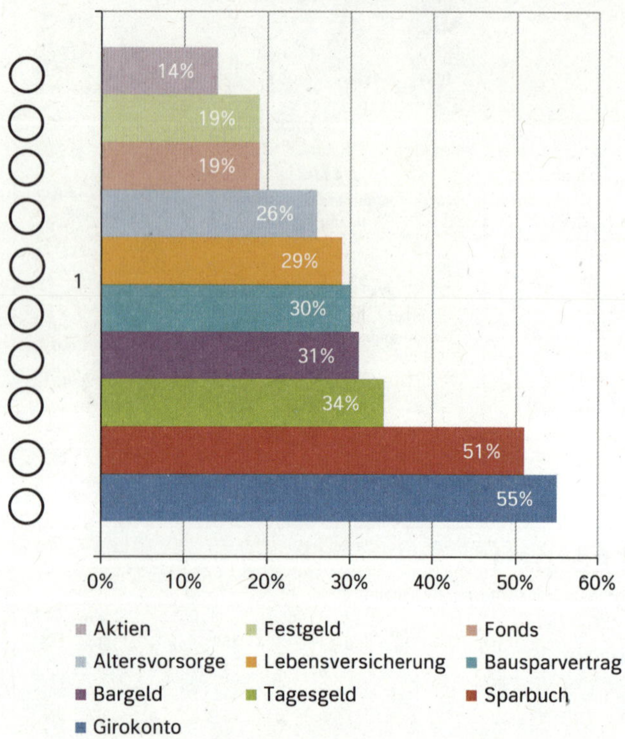

Quelle: comdirect. In: comdirekt.de. September 2017. www.comdirect.de/cms/ueberuns/media/cori1088_1191.pdf [22.05.2018].

Spargründe

A) Zwecksparen
Bei größeren Anschaffungen oder Ausgaben ist es notwendig, über einen längeren Zeitraum Geldmittel vom verfügbaren Einkommen anzusparen. Nur so sind diese Anschaffungen und Ausgaben in der Regel zu finanzieren.

B) Vermögensbildung
Spargelder können der Geldanlage dienen. Für die Kapitalanlage erwartet der Sparer eine Verzinsung und damit ein zusätzliches Einkommen. Der Staat unterstützt die Vermögensbildung von Haushalten mit niedrigem Einkommen, indem er Sparprämien zahlt.

C) Vorsorgesparen
Für Notsituationen, für das Alter oder für die Aus- und Weiterbildung der Kinder werden Spargelder bei Versicherungen oder Banken angelegt. Der Beweggrund zum Sparen ist hier vor allem das Bedürfnis nach Sicherheit.

1. Ordnen Sie den Sparzielen die Spargründe zu, indem Sie in die Kreise A, B oder C eintragen.

Wer hätte das gedacht? Jugendliche und junge Erwachsene sparen mehr als ihre Eltern. Von durchschnittlich 472,00 €, die junge Leute zur Verfügung haben, werden etwa 131,00 € nicht ausgegeben, sondern gespart. Damit ist die Sparquote der jungen Leute mit 28 % fast dreimal so hoch wie die der privaten Haushalte.

2. Erstellen Sie die „Hitparade" Ihrer Ziele, für die es sich lohnt zu sparen.

1. ______________________
2. ______________________
3. ______________________
4. ______________________
5. ______________________
6. ______________________
7. ______________________
8. ______________________
9. ______________________
10. ______________________

2.8 Geld arbeiten lassen

Geld anlegen

Karin hat 20 000,00 € von ihrer Tante geerbt. Sie möchte das Geld anlegen. Bei ihrem Kreditinstitut lässt sie sich von einer Mitarbeiterin beraten. Diese erklärt Karin, dass die Form der Geldanlage von mehreren Fragen abhängt. Zunächst sollte sich Karin überlegen, ob sie das Geld nicht in Kürze wieder für Ausgaben benötige. Davon hänge es ab, ob sie ihr Geld kurz- oder langfristig anlegen kann. Je nach Art der Kapitalanlage, z. B. Aktien oder Bundesschatzbriefe, sei das Risiko unterschiedlich hoch. Wer viel wage, könne zwar viel gewinnen, aber auch viel verlieren. Die Anlageberaterin erläutert Karin auch, dass sie vom Staat für bestimmte Anlagen eine Sparförderung in Anspruch nehmen kann.

1. Über welche drei Anlagekriterien muss sich Karin vor der Geldanlage Gedanken machen?

______

______

______

2. Auf welche Zusammenhänge wird in der Karikatur hingewiesen?

______

______

______

3. Welche Vorteile hat eine langfristige Geldanlage?

______

______

______

Die Anlagekriterien Verfügbarkeit, Sicherheit und Ertrag sind miteinander verknüpft. So bringen langfristige Anlagen in der Regel größere Zinserträge als Anlagen, über die der Sparer kurzfristig verfügen kann. Bei risikoreichen Anlagen ohne Ertragsgarantie sind hohe Gewinne, aber auch Verluste möglich.

Wer sparen und Geld anlegen will, sollte sich deshalb beraten lassen. Geld anlegen kann der Sparer nicht nur bei Sparkassen, Banken oder der Postbank, sondern z. B. auch bei Versicherungen oder Bausparkassen.

Anlageformen

Spareinlagen

Das klassische **Sparbuch** ist noch immer eine beliebte Sparform. Bei Spareinlagen mit gesetzlicher Kündigungsfrist von drei Monaten darf der Sparer bei vielen Banken und Sparkassen pro Monat höchstens 2 000,00 € abheben. Sonst muss er „Strafzinsen“ zahlen. Die schnelle Verfügbarkeit wird allerdings nur niedrig verzinst.

Versicherungssparen

Die **Kapitallebensversicherung** ist die typische Form des Versicherungssparens. Der Versicherte zahlt monatlich einen festen Betrag und erhält am Ende der vereinbarten Laufzeit die Beiträge mit den Gewinnanteilen ausbezahlt. Andere Formen des Versicherungssparens sind die private Rentenversicherung oder die Ausbildungsversicherung.

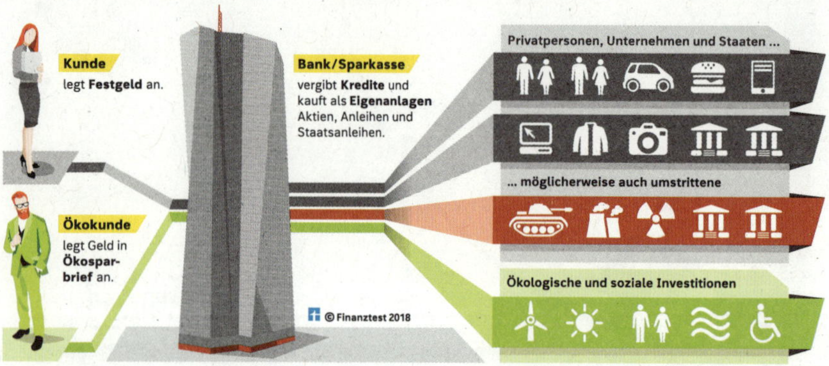

Aktien und Aktienfonds

Über sein Kreditinstitut kauft der Anleger **Aktien** an der Aktienbörse zum aktuellen Kurswert. Damit erwirbt er Anteile an Aktiengesellschaften. Aktieninhaber haben ein höheres Risiko. Der Kurs richtet sich nach Angebot und Nachfrage, die Verzinsung (Dividende) nach der Geschäftsentwicklung der AG. Durch Anteile an **Aktienfonds** kann das Kursrisiko begrenzt werden.

Bausparen

Für Sparer, die in der Zukunft ein Grundstück, ein Haus oder eine Wohnung erwerben bzw. modernisieren wollen, sind Bausparverträge eine gute Finanzierungsgrundlage. Der Bausparer schließt mit einer Bausparkasse einen Vertrag über eine bestimme Bausparsumme ab. Der Sparer zahlt regelmäßig Beiträge auf seinen Bausparvertrag ein. Nachdem er einen Anteil der Bausparsumme eingezahlt hat, erfolgt die Zuteilung. Der Sparer und Bauherr kann sich die gesamte Bausparsumme auszahlen lassen; das zugeteilte Darlehen erhält er zu einem günstigen Zinssatz.

Rentenpapiere

Der Geldanleger erwirbt über sein Kreditinstitut festverzinsliche Wertpapiere, z. B. Bundesanleihen, Pfandbriefe oder Obligationen. Das Kreditinstitut kauft für den Sparer die Rentenpapiere an der Wertpapierbörse. Die im Wertpapier verbriefte Geldschuld wird mit einem festen Zinssatz verzinst. Kauf und Verkauf der Wertpapiere sind jederzeit zum Tageskurs möglich.

Termingelder, Sparbriefe

Bei Termingeldern stellt der Sparer der Bank einen Geldbetrag für eine festgelegte Zeit zur Verfügung. Dieses **„Festgeld“** steht am Ende der Laufzeit mit den Zinsen dem Sparer wieder zur freien Verfügung. Das kurzfristige „Parken“ von Geldern auf Festgeldkonten bringt mehr Zinsen als das Girokonto oder das Sparbuch.

Viele Kreditinstitute bieten ihren Kunden, die mit dem Ertrag auf dem normalen Sparbuch nicht zufrieden sind, die die Risiken von Anleihen oder Aktien jedoch scheuen, Sparbriefe an. Der **Sparbrief** garantiert über die gesamte Laufzeit einen festen Zins. Erst nach Ende der Laufzeit kann der Sparer über sein Geld verfügen.

Nicht nur die Kreditinstitute, sondern auch der Staat bietet Sparern die Möglichkeit, Geld anzulegen. Um ihre Schulden finanzieren zu können, verkauft die Bundesrepublik Deutschland **Bundesschatzbriefe**. Die Laufzeit beträgt sechs oder sieben Jahre. Der Zinssatz steigt mit der Laufzeit. Ein Verkauf ist nach einem Jahr möglich.

Aktuelle Daten zu den Anlageformen erhalten Sie monatlich bei der Stiftung Warentest unter www.finanztest.de.

Vermögensbildung

1. Beurteilen Sie die verschiedenen Anlageformen nach den Anlagekriterien. Kreuzen Sie an.

Anlagekriterien / Anlageform	Verfügbarkeit		Sicherheit		Ertrag		Sparförderung
	schnell	später	hoch	niedrig	hoch	niedrig	
Sparbuch							
Aktien							
Aktienfond							
Termingeld							
Bausparen							
Sparbriefe							
Beteiligungssparen							

Vermögenswirksame Leistungen sind freiwillige, meist tariflich geregelte Leistungen des Arbeitgebers. Zusätzlich fördert der Staat die Vermögensbildung für Arbeitnehmer.

Vermögensbildung für Arbeitnehmer

Staatliche Förderung gibt es für

- Vermögenswirksame Leistungen (z. B. Bausparen)
  bis zu 470,00 € pro Jahr
  ➢ 9 % Sparzulage (= 43,00 €)
  Einkommengrenzen (zu versteuerndes Jahreseinkommen):
  ➢ Ledige 17.900,00 €
  ➢ Verheiratete 35.800,00 €

- Bausparen
  bis zu 512,00 € pro Jahr;
  Verheiratete bis zu 1.024,00 €
  ➢ 8,8 % Wohnungsbauprämie (= 45,00 bzw. 90,00 € für Verheiratete)
  Einkommengrenzen:
  ➢ Ledige 25.600,00 €
  ➢ Verheiratete 51.200,00 €

- Beteiligung an Produktivvermögen (z. B. Fondssparen)
  bis zu 400,00 € pro Jahr
  ➢ 20 % Sparzulage (= 80,00 €)
  Einkommengrenzen:
  ➢ Ledige 20.000,00 €
  ➢ Verheiratete 40.000,00 €

2. Monique ist verheiratet und hat ein zu versteuerndes Familieneinkommen in Höhe von 32.500,00 €. Sie will alle Möglichkeiten der staatlichen und tariflichen Förderung nutzen.
Deshalb hat Monique einen Bausparvertrag abgeschlossen, in den sie 600,00 € im Jahr einzahlt.
Ihr Arbeitgeber zahlt tariflich jeden Monat 13,30 € vermögenswirksame Leistungen auf den Bausparvertrag ein.
Zusätzlich zahlt Monique im Jahr 400,00 € in einen Aktienfonds ein, um die staatliche Sparzulage zu erhalten.
Tragen Sie alle Daten in der Tabelle zusammen und errechnen Sie die Sparleistung von Monique und die Höhe der staatlichen und tariflichen Förderung.

Sparform	Moniques Sparleistung	Prämien und Zulagen
Bausparvertrag		
Vermögenswirksame Leistungen		
Fondssparen		
Summen		

2.9 Der Weg in die Schuldenfalle

Verschuldung

Der Weg in die Schuldenfalle

Jannik (23) berichtet: Mit 19 bin ich zu Hause ausgezogen, wollte auf eigenen Füßen stehen, eine eigene Wohnung, … Als Azubi im dritten Ausbildungsjahr habe ich 780 Euro netto verdient. Nicht schlecht. Das Zimmer in der WG hat mich 150 Euro gekostet. Mit dem Rest bin ich ganz gut klar gekommen. Aber dann wollte ich wie die anderen ein Auto haben, natürlich einen Gebrauchtwagen. Ein Händler hat mir ein verlockendes Angebot gemacht: 1000 Euro Anzahlung und 36 Raten von 199 Euro monatlich. Die 1000 Euro hat mir meine Schwester geliehen. Und so konnte ich mir meinen Traum vom ersten eigenen Auto erfüllen. Schließlich war ich ja in drei Monaten mit der Ausbildung fertig und dann würde ich ja auch das Doppelte in der Tasche haben. Alles kein Problem also.
Aber dann habe ich nach vier Wochen gleich einen Unfall gebaut. Totalschaden. Die Versicherung hat nur noch den Restwert erstattet: 2880 Euro. Kein Auto mehr, aber noch 32 Monatsraten vor mir. Also wieder ein anderes Auto! Ein neuer Ratenkredit. Diesmal über meine Bank. War alles ganz einfach. Jetzt waren es schon 480 Euro im Monat an Raten. Mit dem Dispokredit von 1500 Euro meiner Bank kam ich auch ganz gut zurecht.
Nach der Ausbildung konnte ich im Betrieb bleiben. Jetzt hatte ich auch mehr Einkommen: 1590 Euro netto. In dieser Zeit habe ich Tina kennengelernt. Wir wollten zusammenziehen. Tina hat als Friseurin gut 1200 Euro verdient. Tatsächlich haben wir eine Drei-Zimmer-Wohnung gefunden, Kaltmiete 620 Euro plus 170 Euro Nebenkosten. Viel Geld, aber mit unserem gemeinsamen Einkommen sollte das machbar sein.
Für die Wohnungseinrichtung – Küche und Möbel – hat uns das Möbelhaus faire Teilzahlung angeboten: 1000 Euro Anzahlung und monatliche Raten von 310 Euro für 48 Monate. Den neuen Fernseher haben wir mit 70 Euro im Monat über 36 Monate finanziert. Unseren ersten gemeinsamen Jahresurlaub haben wir auf den Malediven gemacht: All inclusive für 2.489 Euro pro Person. Dafür haben wir einen Onlinekredit von 6000 Euro aufgenommen. Das ging ganz schnell, ohne größere Formalitäten, mit wenigen Klicks: 104 Euro über 84 Monate. Ich habe gar nicht bemerkt, dass meine Schulden langsam, aber stetig wuchsen.
Doch nach dem Urlaub wurde Tina arbeitslos. Sie konnte den Beruf wegen einer Allergie nicht mehr ausüben. Wir haben uns danach häufiger auch über Ausgaben gestritten. Und dann das dicke Ende: Wir haben uns getrennt. Das Problem war, dass ich die Kreditverträge unterschrieben hatte. Der Schock, als ich am Geldautomaten kein Bargeld mehr abheben konnte! Mein Dispokredit war aufgebraucht. Die Nachzahlung aus der Nebenkostenabrechnung über 480 Euro konnte ich nicht mehr überweisen.

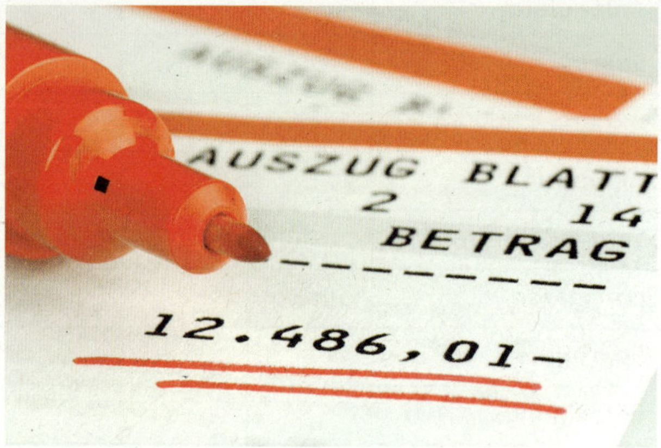

1. Markieren Sie im Text alle Ausgaben von Jannik.

2. Wie finanziert Jannik seine Ausgaben?

3. Welche Risiken haben Jannik und Tina nicht bedacht?

4. a) Was fällt bei den Laufzeiten der Kredite auf?

b) Welche Folgen hat dies für Jannik?

5. Wie beurteilen Sie den Lebensstil von Jannik und Tina?

(Fortsetzung)

Der Weg in die Schuldenfalle

Ich habe schließlich meinen Chef um einen Vorschuss gebeten. Der war auch großzügig und hat mir 1000 Euro angeboten. Aber das half nur vorübergehend. Die Kreditraten konnte ich nicht mehr alle bedienen. Die Onlinebank forderte daraufhin, dass ich den gesamten Kredit über 7500 Euro, die 6000 Euro mit Gebühren und Zinsen, zurückzahle. Fast jede Woche kamen neue Mahnschreiben. Ich habe sie zuletzt gar nicht mehr geöffnet. Weil ich auch mit der Miete drei Monate im Rückstand war, wurde der Mietvertrag fristlos gekündigt. Ich war am Ende.

Autorentext

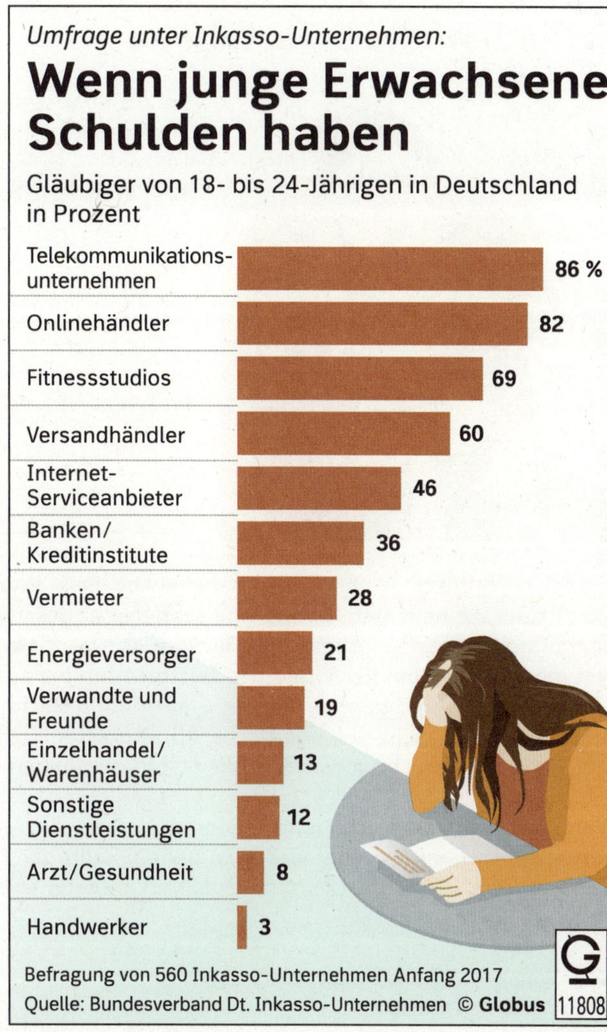

Fast jeder dritte Jugendliche bzw. junge Erwachsene gibt an, schon einmal Schulden gehabt zu haben. 6 % der 14- bis 24-Jährigen hatten schon einmal mehr Schulden, als sie zurückbezahlen konnten. Sie waren damit „überschuldet".

■ 1. Für den Urlaub hat Jannik einen Sofortkredit bei einem Onlinekreditvermittler aufgenommen. Welche Gefahren lauern hinter solchen Angeboten?

■ 2. Wie sieht das „Ende" von Jannik aus?

■ 3. Warum haben junge Leute vor allem Schulden
a) bei Telekommunikationsanbietern?

b) bei Onlinehändlern?

2.10 Mit dem Smartphone in die Abo-Falle

Schuldenfalle Smartphone

Smartphones machen das Geldausgeben zum Kinderspiel. Dabei verlieren immer mehr Jugendliche die Übersicht und tappen in die Schuldenfalle.

1. Welchen Stellenwert hat für Sie Ihr Smartphone?

____

____

2. Welche Smartphone-Dienste nehmen Sie vor allem in Anspruch?

____

____

Ein falscher Wisch – und schon hat die Abo-Falle zugeschnappt. Abonnements für Klingeltöne, Gewinnspiele, Musik oder die neuesten Games sind schneller abgeschlossen, als man denkt. Mal versehentlich auf einen Werbebanner getippt, eine Werbeanzeige in einer App geöffnet – und schon ist ein Abo abgeschlossen. Das fällt meistens erst mit der nächsten Rechnung des Telefonanbieters auf. Möglich ist das durch das sogenannte „Wap-Billing": Die Kosten für ein Abo werden mit der Smartphone-Rechnung durch die Mobilfunkanbieter abgebucht. Der Mobilfunkanbieter ist nicht der eigentliche Abo-Anbieter. Dahinter stehen andere Unternehmen, sogenannte „Drittanbieter". Diese Abrechnungsmöglichkeit ist in den Allgemeinen Geschäftsbedingungen ausdrücklich aufgeführt.

Wenn auf der Telefonrechnung Posten auftreten, die nicht nachvollziehbar sind, sollte man umgehend die Abos kündigen. Um auf Nummer sicher zu gehen, kann der Telefonkunde bei seinem Mobilfunkanbieter eine „Drittanbieter-Sperre" einrichten. Je nach Mobilfunkanbieter sind dazu verschiedene Schritte nötig.

3. Welche Abo-Dienste nutzen Sie?
a) kostenlose Dienste:

____

b) kostenpflichtige Dienste:

____

4. Wie können Sie verhindern, dass Dienste und Abos von „Drittanbietern" ungewollt gebucht werden?

____

____

5. Informieren Sie sich, wie Sie bei Ihrem Mobilfunkanbieter eine „Drittanbieter-Sperre" einrichten können.

6. Die Verbraucherzentrale Nordrhein-Westfalen gibt in einem Video wichtige Tipps zum Thema „Abzocke per Smartphone": www.youtube.com/watch?time_continue=2&v=xZjqQrgMdVo.
Schauen Sie sich das Video an und informieren Sie sich über Tipps und Hilfen der Verbraucherzentrale.

2.11 Risikocheck

Risiken vermeiden

Finanzielle Risiken erkannt – finanzielle Risiken gebannt

Risiko 1

Karte rein, Geld raus – und ein Minus auf dem Konto?

Überziehungszinsen, Spesen, Kosten, erhöhte Kontoführungsgebühren ... Das Überziehen des Kontos ist eine teure Geld-Pump-Möglichkeit und eigentlich nur dafür gedacht, kurzfristig finanzielle Engpässe zu überbrücken! Wenn du über deine Verhältnisse lebst und mehr ausgibst, als du einnimmst, führt dies zu einer stetig steigenden Überziehung des Kontos. Ein überzogenes Konto muss jedoch auch wieder ausgeglichen werden. Denn ein ständiges Minus am Konto kostet dich ziemlich viel! Zinsen von 8 % bis 12 % werden dabei verrechnet, zudem noch etwaige Kosten und erhöhte Kontoführungsgebühren. Wenn du also dein Konto mit durchschnittlich 700,00 € ein Jahr überziehst, kostet dich das bei 10 % Zinsen (quartalsmäßig kapitalisiert) 72,67 € ohne etwaige Zusatzkosten!

1. Formulieren Sie Tipps, wie das Risiko 1 vermieden werden kann.

- ______
- ______
- ______
- ______

Risiko 2

„Shop ´til you drop" oder: Mit einem Polster schläft es sich besser!

Ein kleines Geld-Polster auf der Seite zu haben, bringt Entspannung! Erst wenn du etwa ein bis drei Monatseinkommen auf einem täglich fälligen Sparbuch hast, kannst du über längerfristige Sparformen weiterdenken (z. B. Bausparen). Verlasse dich bei deinen Geldangelegenheiten auf dich selbst und informiere dich bei den Verbraucherberatungsstellen. Für dein Geld-Polster brauchst du nicht den alten Schulbekannten, der nun Finanzberater ist und dir irgendwelche Verträge, die du nicht unbedingt brauchst, aufschwatzen möchte.

2. Formulieren Sie Tipps, wie das Risiko 2 vermieden werden kann.

- ______
- ______
- ______

Risiko 3

Smartphone, Leasing, Versicherung & Co.
Wie schauen deine „Bindungen“ aus?
Versicherungen, Smartphone-Verträge, Fitnesscenter, Abos von Zeitungen, Mitgliedsbeiträge bei Vereinen usw. Mit all diesen Firmen gehst du eine Beziehung für eine bestimmte Zeit ein. Wird ein Großteil deiner monatlichen Einnahmen durch diese fixen Kosten von Verträgen verplant, ist ein flexibler Umgang mit deinem Geld nahezu unmöglich. Stehen dir dann noch außerordentliche Reparaturen ins Haus, wird's eng.

■ **3. Formulieren Sie Tipps, wie das Risiko 3 vermieden werden kann.**

-
-
-

Risiko 4

Behalte den Überblick:
Dein „Think-Check-Plan“
Behalte einen Überblick über deine Finanzen!
Zuerst überlegen und nachdenken:
Was brauche ich, was will ich und was kann ich mir leisten? Jede(r) von uns hat individuelle finanzielle Voraussetzungen. Wenn sich dein(e) Freund(in) etwas Tolles kaufen kann, heißt das noch lange nicht, dass das bei dir auch möglich ist.

■ **4. Formulieren Sie Tipps, wie das Risiko 4 vermieden werden kann.**

-
-

Risiko 5

Leben auf Raten:
Vorher haben – nachher teuer zahlen ...
Kredite sind für viele große Investitionen wie z. B. für Immobilien notwendig. Damit man seine Konsumwünsche auch sofort erfüllen kann, verkaufen Banken und Handelsfirmen auch Konsumkredite, Ratenzahlungen, Versandhauskredite oder Leasingverträge. Jeder Konsum auf Kredit/Leasing ist eigentlich eine Vorauszahlung deiner zukünftigen Einnahmen (= Arbeitsleistung), oft über mehrere Jahre. Achtung: Kredite und Leasingverträge sind mit hohen Zins- und Spesenbelastungen verbunden!

■ **5. Formulieren Sie Tipps, wie das Risiko 5 vermieden werden kann.**

-
-
-

Quelle: Österreichische Kinder- und Jugendvertretung (ÖJV): Risiko-Check. 11/2004. In: http://media.wien.kjweb.at.s3.amazonaws.com/material/36410_46_risikocheck_200411.zip [01.02.2018]. (verändert)

■ **4. Erstellen Sie mit Ihren Tipps ein Risikocheck-Plakat, mit dem Sie junge Leute ansprechen wollen.**

2.12 Der Weg aus der Schuldenfalle

Schuldnerberatung

Der Weg aus der Schuldenfalle

Als dann auch noch eine Lohnpfändung bei meinem Arbeitgeber vorlag, hat mich mein Chef zur Rede gestellt. Er war es, der mir dann geraten hat, mich an eine Schuldnerberatung zu wenden. Er hat für mich gleich einen Termin vereinbart. Dort musste ich alles auf den Tisch legen. Erst jetzt wurde mir klar, dass ich auf einem Schuldenberg von gut 30.000 Euro saß. Die Beraterin meinte, dass zunächst der Versuch unternommen werden sollte, eine außergerichtliche Lösung zu finden. Eine gerichtliche Lösung in Form einer Verbraucherinsolvenz könne damit vermieden werden.
In meinem Auftrag hat die Beraterin mit allen Gläubigern eine Vereinbarung getroffen. Danach muss ich über sechs Jahre monatlich 250 Euro zurückzahlen. Nach den sechs Jahren verfallen alle Restforderungen. Dann wäre ich wieder schuldenfrei. Die Lohnpfändung über 315 Euro bleibt bestehen. Die Schuldnerberaterin hat mir auch dringend geraten, eine kleinere und günstigere Wohnung zu suchen. Außerdem soll ich mir fortlaufend Klarheit über meine Einnahmen und Ausgaben verschaffen. Dazu führe ich jetzt eine Art Haushaltsbuch.
Die nächsten sechs Jahre werden zwar hart werden, aber ich bin guter Dinge, dass ich das schaffen werde. Mittlerweile habe ich auch eine neue kleinere und wesentlich günstigere Wohnung gefunden. Mir geht es heute wieder besser, auch mental. Ich fühle mich von dem großen Druck befreit. Ich muss mich zwar einschränken, aber ich habe eingesehen, dass es langfristig ein Leben auf Pump nicht gibt.

Autorentext

1. Welchen Ratschlag gibt Janniks Chef, um aus der Schuldenfalle herauszukommen?

____

____

____

2. Durch welche Maßnahmen kommt Jannik aus der Schuldenfalle?

____

____

____

____

____

____

3. Welcher Weg wird durch außergerichtliche Vereinbarung vermieden?

____

____

Die meisten Verbraucherzentralen und -beratungsstellen bieten Schuldenberatung an.

Weitere Informationen finden Sie unter:

www.verbraucherzentrale.de
www.forum-schuldnerberatung.de
www.schuldnerberatung.de
www.skm-schuldnerberatung.de

Reicht das monatliche Einkommen dauerhaft nicht aus, die laufenden Lebenshaltungskosten sowie fällige Raten und Rechnungen zu bezahlen, ist eine **Überschuldung** eingetreten. Drückt die Schuldenlast, ist es wichtig, sich professionelle Hilfe zu suchen – je früher, desto besser.

Kann der Schuldenberg nicht mehr abgetragen werden, so bietet das geltende **Verbraucherinsolvenzverfahren** eine zusätzliche Entschuldungsmöglichkeit. Insolvenz bedeutet, dass der Schuldner zahlungsunfähig ist.

Verbraucherinsolvenz

Um die Schulden loszuwerden, muss der Schuldner ein langwieriges Verfahren durchlaufen, das in den folgenden Stufen zu einem echten finanziellen Neuanfang führen soll.

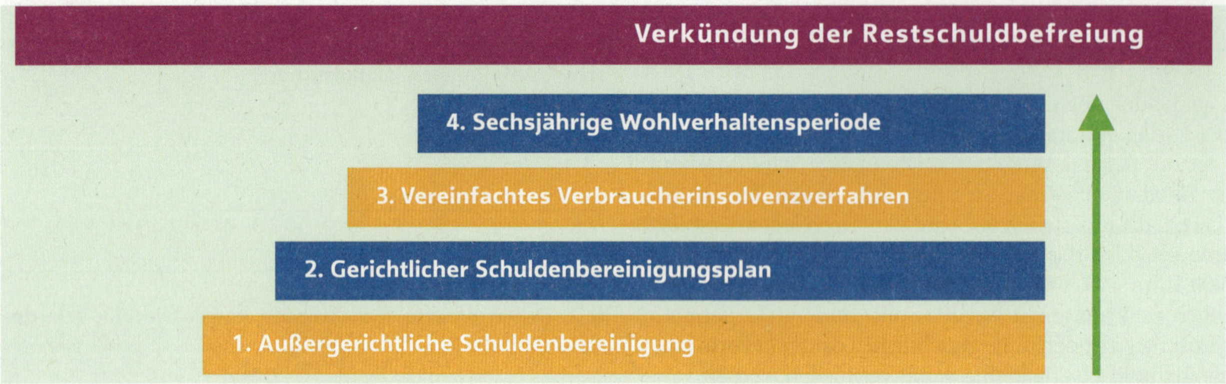

Ablauf der Verbraucherinsolvenz

Vor dem gerichtlichen Verfahren muss zunächst ein außergerichtlicher Versuch des Schuldners, sich mit seinen Gläubigern über eine Regulierung der Schulden zu einigen, durchgeführt werden. Der Schuldner unterbreitet seinen Gläubigern ein Angebot, welches im Rahmen der wirtschaftlichen Möglichkeiten des Schuldners eine Reduzierung der Gesamtverbindlichkeiten beinhaltet. Nehmen die Gläubiger diesen Vorschlag an, wird das Insolvenzverfahren nicht eröffnet.

Wenn der außergerichtliche Einigungsversuch gescheitert ist, kann der Schuldner die Eröffnung des gerichtlichen Verfahrens beantragen. Der Schuldner überreicht dem Insolvenzgericht neben den Auskünften über sein noch vorhandenes Vermögen und seine Einkommenssituation wiederum einen Plan zur Bereinigung der Verbindlichkeiten.
Kommt das Gericht aufgrund der Erkenntnisse des außergerichtlichen Einigungsversuches des Schuldners selbst zu dem Ergebnis, dass auch ein gerichtlicher Einigungsversuch keine Aussicht auf Erfolg verspricht, so kann das Gericht sofort das Verfahren eröffnen und einen Treuhänder bestellen.

Mit Eröffnung des Verfahrens ist der Schuldner vor weiteren Vollstreckungsmaßnahmen durch die Gläubiger geschützt. Von diesem Zeitpunkt an können sich die Gläubiger nur noch an den Treuhänder halten.

Der eingesetzte Treuhänder zieht das pfändbare Vermögen des Schuldners sowie dessen pfändbares Arbeitseinkommen ein und verteilt den Verwertungserlös nach Abzug der Kosten anteilig auf alle Gläubiger. Diese Treuhand-Periode dauert sechs Jahre nach Eröffnung des Verfahrens. Danach wird der Schuldner durch entsprechenden Beschluss des Gerichts von seinen Schulden befreit.

■ **1. Bis zu welcher Stufe ist Jannik (vgl. S. 37) auf seinem Entschuldungsweg gegangen?**

■ **2. Wie läuft die Entschuldung bei Jannik ab?**

3 Zahlungsverkehr

3.1 Ein Girokonto einrichten

Kontoeröffnung

Sparkassen versprechen Girokonto für jedermann

Wer kein Girokonto hat, steht im sozialen Abseits: Erzielt er Einkünfte, muss er sie sich wie vor 50 Jahren in der Lohntüte abholen. Dasselbe gilt für Ausgaben: Ob monatliche Telefonkosten oder die Gebühr für eine Versicherung – ohne Bankverbindung bleibt nur die Möglichkeit, bar zu bezahlen. Das ist zum einen eine demütigende Prozedur, zum anderen bieten viele Unternehmen die Möglichkeit gar nicht mehr an. Wer kein Girokonto hat, ist im Grunde nicht geschäftsfähig.

Nach Schätzungen gibt es in Deutschland einige hunderttausend Bürger, die sich in dieser Lage befinden, vor allem ärmere Menschen. Sie haben nie ein eigenes Girokonto bekommen oder es wurde ihnen von der Bank gekündigt, weil sie Schulden nicht zurückzahlten. Sozialverbände und Verbraucherschützer kritisieren diesen Zustand seit langem.

Die Sparkassen [...] bieten [...] ein sogenanntes Bürgerkonto an. Es stellt sicher, dass auch Bundesbürger in finanziellen Schwierigkeiten über eine Bankverbindung verfügen. Das Girokonto für jedermann ermöglicht Überweisungen oder Zahlungen mit der EC-Karte. Es darf aber nicht ins Minus rutschen, Überziehungen sind nicht möglich. Die Gebühren sollen jedoch nicht höher sein als bei jedem anderen Girokonto, versprechen die Sparkassen [...].

Quelle: Freiberger, Harald: Sparkassen versprechen Girokonto für jedermann. In: SZ.de. 26.09.2012. www.sueddeutsche.de/wirtschaft/einfuehrung-des-buerger-kontos-sparkassen-versprechen-girokonto-fuer-jedermann-1.1479862 [01.02.2018].

1. Warum ist ein Leben ohne Girokonto nicht vorstellbar?

____

____

____

____

Schufa
„Schutzgemeinschaft für allgemeine Kreditsicherung"
Die Schufa liefert den Banken und Sparkassen Daten zu Krediten und Zahlungsverhalten der Kunden.

2. Welche Dienste müssen mit dem Girokonto möglich sein, welche nicht?

____

____

____

Um ein Girokonto zu eröffnen, muss man zu einer Bank oder Sparkasse gehen. Wer noch keine 18 Jahre alt ist, benötigt die Zustimmung der Erziehungsberechtigten.

Wird ein Ausbildungsvertrag abgeschlossen und haben die Eltern dort mit Unterzeichnung des gebräuchlichen Vertragsvordrucks bereits eine entsprechende Ermächtigung zur Kontoeröffnung gegeben, ist eine separate Zustimmung bei der Bank nicht mehr erforderlich.

In der Filiale der Bank gibt es dann zwei Antragsformulare für die Eröffnung eines Girokontos, in welcher die nachfolgenden persönlichen Angaben eingetragen werden.

Zur Eröffnung eines Girokontos müssen folgende Antragsformulare ausgefüllt werden:

Interne Angaben der Bank

	Kontoform[2] (z.B. Sparkonto)	Das Konto/Depot wird wie folgt genutzt:[3]	Konto-/Depot-Nr.	Konto-/Depot-Währung
1		☐ privat ☐ betrieblich		
2		☐ privat ☐ betrieblich		
3		☐ privat ☐ betrieblich		
4		☐ privat ☐ betrieblich		
5		☐ privat ☐ betrieblich		

Gegebenenfalls Zusatzbezeichnung

Eröffnung von Konten und Depots[1]

Hiermit beantrage ich die Eröffnung von Konten/Depots zu nachfolgenden Vereinbarungen:

Name, Vornamen (auch Geburtsname)			
Wohnanschrift (in D inkl. Bundesland)[3]			
Beruf/Branche[5]		Staatsangehörigkeit(en)[4] Familienstand[5]	
Geburtsdatum, Geburtsort		Telefon-Nr.[5] Fax-Nr.[5]	
Übermittlungsform der Kontoauszüge	☐ **Kontoauszugsdrucker** ☐ Sonstiges:	Deutsche Steuer-ID[7]	
		E-Mail-Adresse[5]	
		Postanschrift[5] (falls abweichend von obiger Anschrift)	
Nutzung elektronischer Zugangsmedien[6]	☐ Debitkarte ☐ Online-Banking ☐ Telefonbanking ☐ Sonstiges Zugangsmedium:		

Ausfertigung für die Bank

1. Kontokorrentabrede, Rechnungsperiode

Die Konten werden in laufender Rechnung geführt (Kontokorrentkonto), sofern nicht eine abweichende Regelung besteht. Bei einem Kontokorrentkonto erteilt die Bank jeweils zum Ende eines Kalenderquartals einen Rechnungsabschluss, sofern nachstehend keine abweichende Rechnungsperiode angegeben ist:

Abweichende Rechnungsperiode	

Die Rechtswirkungen eines Rechnungsabschlusses sowie die Pflicht, dessen Inhalt zu prüfen und gegebenenfalls Einwendungen zu erheben, sind in Nr. 7 der Allgemeinen Geschäftsbedingungen geregelt.

2. Datenübermittlung an die SCHUFA und Befreiung vom Bankgeheimnis

Die Bank übermittelt im Rahmen dieses Vertragsverhältnisses erhobene personenbezogene Daten über die Beantragung, die Durchführung und Beendigung dieser Geschäftsbeziehung sowie Daten über nicht vertragsgemäßes Verhalten oder betrügerisches Verhalten an die SCHUFA Holding AG, Kormoranweg 5, 65201 Wiesbaden. Rechtsgrundlagen dieser Übermittlungen sind Artikel 6 Absatz 1 Buchstabe b und Artikel 6 Absatz 1 Buchstabe f der Datenschutz-Grundverordnung (DSGVO). Übermittlungen auf der Grundlage von Artikel 6 Absatz 1 Buchstabe f DSGVO dürfen nur erfolgen, soweit dies zur Wahrung berechtigter Interessen der Bank oder Dritter erforderlich ist und nicht die Interessen oder Grundrechte und Grundfreiheiten der betroffenen Person, die den Schutz personenbezogener Daten erfordern, überwiegen. Der Datenaustausch mit der SCHUFA dient auch der Erfüllung gesetzlicher Pflichten zur Durchführung von Kreditwürdigkeitsprüfungen von Kunden (§ 505a des Bürgerlichen Gesetzbuches, § 18a des Kreditwesengesetzes).

Der Kunde befreit die Bank insoweit auch vom Bankgeheimnis.

Die SCHUFA verarbeitet die erhaltenen Daten und verwendet sie auch zum Zwecke der Profilbildung (Scoring), um ihren Vertragspartnern im Europäischen Wirtschaftsraum und in der Schweiz sowie ggf. weiteren Drittländern (sofern zu diesen ein Angemessenheitsbeschluss der Europäischen Kommission besteht) Informationen unter anderem zur Beurteilung der Kreditwürdigkeit von natürlichen Personen zu geben. Nähere Informationen zur Tätigkeit der SCHUFA können dem SCHUFA-Informationsblatt nach Art. 14 DSGVO entnommen oder online unter www.schufa.de/datenschutz eingesehen werden.

3. Einbeziehung der Geschäftsbedingungen

Maßgebend für die Geschäftsverbindung sind die Allgemeinen Geschäftsbedingungen der Bank. Daneben gelten für einzelne Geschäftsbeziehungen Sonderbedingungen, die Abweichungen oder Ergänzungen zu diesen Allgemeinen Geschäftsbedingungen enthalten; insbesondere handelt es sich hierbei um die Bedingungen für den Scheckverkehr, für den Überweisungsverkehr, für Zahlungen mittels Lastschrift, für die girocard, für den Sparverkehr sowie für das Wertpapier- und Termingeschäft. Der Wortlaut der einzelnen Regelungen kann in den Geschäftsräumen der Bank eingesehen werden. Der Konto-/Depotinhaber kann auch später noch die Übersendung der Allgemeinen Geschäftsbedingungen und Sonderbedingungen an sich verlangen.

Ort, Datum, Unterschrift (Unterschriftsprobe)	

Datenschutzrechtlicher Hinweis

Die Bank verarbeitet und nutzt die von Ihnen erhobenen personenbezogenen Daten auch für Zwecke der Werbung oder der Markt- oder Meinungsforschung. Sie können jederzeit der Verarbeitung und Nutzung Ihrer personenbezogenen Daten für Zwecke der Werbung sowie der Markt- und Meinungsforschung widersprechen.

Vordruck zur Eröffnung von Konten und Depots (Vertragspartner natürliche Person)

Weitere Angaben nach GwG[1], KWG[2] und AO[3]

Konto-/Depotinhaber:
Konto-/Depot-Nr.:

Dieser Bogen dient der Erhebung und dem Nachweis der Verifizierung[7] der nach GwG, KWG und AO erforderlichen Angaben zum Vertragspartner als natürliche oder der für diesen auftretenden Person, der wirtschaftlich Berechtigten, der ggf. „fiktiven" wirtschaftlich Berechtigten.

Art und Zweck der Geschäftsbeziehung	
☐ Zahlungsverkehr (z.B. Girokonto) ☐ Vermögens-/Geldanlage ☐ Kreditgeschäft	☐ Sonstiges:

Abklärung der auftretenden Person[16] sowie der wirtschaftlich Berechtigten[4]

☐ Ich handele im eigenen wirtschaftlichen Interesse – Vertragspartner, wirtschaftlich Berechtigter und auftretende Person zugleich – und nicht auf fremde Veranlassung (insbesondere nicht als Treuhänder), weiter zu verifizieren unter Person 1 bei „Sonstige Bearbeitungshinweise".

☐ Ich handele auf fremde Veranlassung für vom Vertragspartner abweichende, den Vertragspartner zumindest zu 25% kontrollierende juristische Personen: Bitte nutzen Sie den Anlagebogen zum GwG, KWG und der AO für juristische Personen **41.222**.

☐ Ich handele auf fremde Veranlassung für den Vertragspartner – auftretende Person, weiter zu verifizieren unter Person 2-4 bei „Sonstige Bearbeitungshinweise".

2	**Name und Vorname(n)**	**Wohnanschrift[7], Geburtsdatum, Geburtsort, Staatsangehörigkeit[5], Deutsche Steuer-ID[6]**
3	**Name und Vorname(n)**	**Wohnanschrift[7], Geburtsdatum, Geburtsort, Staatsangehörigkeit[5], Deutsche Steuer-ID[6]**

Sonstige Bearbeitungshinweise

Form der Verifizierung[8]

Vertragspartner, auftretende Person[16], abweichend wirtschaftlich Berechtigte.

Für jeden abweichend wirtschaftlich Berechtigten ist ein separates Formular auszufüllen.

Person Nr: 1

Art der Verifizierung	**Aufgrund der Art der Verifizierung zudem erfasst**
☐ **dokumentenbasiert:**	
☐ durch eigene Mitarbeiter ☐ Ausführung durch geeignete Dritte im Inland[9] ☐ Ausführung durch geeignete Dritte im Ausland[10] ☐ Fernidentifizierung über dokumentenbasiertes Identifizierungsmittel aus e-IDAS-VO-Notifiziertem Identifizierungssystem	☐ Ausweiskopie/-scan[11] Art des Dokuments ____ Dokumentennummer ____ ausstellende Behörde ____
☐ Video-Ident nach BaFin RS 3/2017	☐ Ausweiskopie/-scan[11] Art des Dokuments ____ Dokumentennummer ____ ausstellende Behörde ____ Speicherung des Identifikationsprozessvideos (Video- und Audio)[12] ____
☐ **rein digital:**	
☐ Fernidentifizierung nach QES nach e-IDAS-VO	☐ Validierungsdaten der QES, zudem Referenzüberweisung erhalten vom Konto innerhalb des EWR bzw. Drittstaat mit vergleichbarem AML/CFT Standard[13] Nr.: ____ am ____

Vordruck zur Eröffnung von Konten und Depots
(Vertragspartner natürliche Person)

Weitere Angaben nach GwG[1], KWG[2] und AO[3]

Konto-/Depotinhaber:
Konto-/Depot-Nr.:

Dieser Bogen dient der Erhebung und dem Nachweis der Verifizierung[7] der nach GwG, KWG und AO erforderlichen Angaben zum Vertragspartner als natürliche oder der für diesen auftretenden Person, der wirtschaftlich Berechtigten, der ggf. „fiktiven" wirtschaftlich Berechtigten.

Art und Zweck der Geschäftsbeziehung	
☐ Zahlungsverkehr (z.B. Girokonto) ☐ Vermögens-/Geldanlage ☐ Kreditgeschäft	☐ Sonstiges:

Abklärung der auftretenden Person[16] sowie der wirtschaftlich Berechtigten[4]

☐ Ich handele im eigenen wirtschaftlichen Interesse – Vertragspartner, wirtschaftlich Berechtigter und auftretende Person zugleich – und nicht auf fremde Veranlassung (insbesondere nicht als Treuhänder), weiter zu verifizieren unter Person 1 bei „Sonstige Bearbeitungshinweise".

☐ Ich handele auf fremde Veranlassung für vom Vertragspartner abweichende, den Vertragspartner zumindest zu 25% kontrollierende juristische Personen: Bitte nutzen Sie den Anlagebogen zum GwG, KWG und der AO für juristische Personen **41.222**.

☐ Ich handele auf fremde Veranlassung für den Vertragspartner – auftretende Person, weiter zu verifizieren unter Person 2-4 bei „Sonstige Bearbeitungshinweise".

2	**Name und Vorname(n)**	**Wohnanschrift[7], Geburtsdatum, Geburtsort, Staatsangehörigkeit[5], Deutsche Steuer-ID[6]**
3	**Name und Vorname(n)**	**Wohnanschrift[7], Geburtsdatum, Geburtsort, Staatsangehörigkeit[5], Deutsche Steuer-ID[6]**
4	**Name und Vorname(n)**	**Wohnanschrift[7], Geburtsdatum, Geburtsort, Staatsangehörigkeit[5], Deutsche Steuer-ID[6]**

☐ Ich handele auf fremde Veranlassung für vom Vertragspartner abweichende wirtschaftlich Berechtigte (natürliche Personen), weiter zu verifizieren unter Person 5-8 bei „Sonstige Bearbeitungshinweise".

5	**Name und Vorname(n)**	**Wohnanschrift[7], Geburtsdatum, Geburtsort, Staatsangehörigkeit[5], Deutsche Steuer-ID[6]**
6	**Name und Vorname(n)**	**Wohnanschrift[7], Geburtsdatum, Geburtsort, Staatsangehörigkeit[5], Deutsche Steuer-ID[6]**
7	**Name und Vorname(n)**	**Wohnanschrift[7], Geburtsdatum, Geburtsort, Staatsangehörigkeit[5], Deutsche Steuer-ID[6]**
8	**Name und Vorname(n)**	**Wohnanschrift[7], Geburtsdatum, Geburtsort, Staatsangehörigkeit[5], Deutsche Steuer-ID[6]**

Mitwirkungspflicht des Konto-/Depotinhabers nach dem Geldwäschegesetz

Der Konto-/Depotinhaber ist verpflichtet, die zur Abklärung von wirtschaftlich Berechtigten notwendigen Informationen und Unterlagen zur Verfügung zu stellen. Weitere Angaben nach Steuerrecht sind auf dem Vordruck **41.320** aufzuzeichnen und zu den Kontoeröffnungsunterlagen hinzuzunehmen. Etwaige sich im Laufe der Geschäftsbeziehung ergebende Änderungen der gegenüber der Bank gemachten Pflichtangaben hat der Konto-/Depotinhaber dieser unverzüglich anzuzeigen.

Ort, Datum, Unterschrift des Konto-/Depotinhabers

[1]Geldwäschegesetz. [2]Kreditwesengesetz. [3]Abgabenordnung. Verfügungsberechtigte werden auf dem jeweiligen Vordruck zur Bevollmächtigung erfasst und verifiziert. [4]Wirtschaftlich Berechtigte(r) ist/sind immer die natürliche(n) Person(en), auf deren Veranlassung das Konto/Depot letztlich eröffnet wird. Ergibt sich diese Berechtigtenstellung mittelbar, beispielsweise über eine Gesellschaft, sind die Angaben auf einem der dafür vorgesehenen Vordrucke 41.222 („juristische Personen"), 41.223 (Stiftung oder vergleichbare Rechtsform) oder gesondert aufzuzeichnen. [5]Eine US-Staatsangehörigkeit ist immer (ggf. zusätzlich) anzugeben (FATCA-USA-Umsetzungsverordnung). [6]Steuerliche Identifikationsnummer (ab 1.1.2018 verpflichtend anzugeben, sofern vom BZSt zugeteilt). [7]Vorrangig ist die Wohnanschrift in Deutschland anzugeben. Sofern kein fester Wohnsitz mit rechtmäßigem Aufenthalt in der EU besteht und die Überprüfung der Identität im Rahmen des Abschlusses eines Basiskontovertrages erfolgt, ist die postalische Anschrift, unter der der Vertragspartner, sowie die dem Verpflichteten gegenüber auftretende Person erreichbar ist anzugeben. [16]Die „auftretende Person" ist derjenige, der persönlich das Konto eröffnet, der aber nicht Vertragspartner ist.

3.2 Ein Girokonto eröffnen und Auszüge kontrollieren

Kontoauszug

- **1. Füllen Sie den Antrag zur Eröffnung eines Kontos aus.**
- **2. Warum müssen Sie und ggf. die Erziehungsberechtigten „zur Probe unterschreiben"?**

____

____

- **3. Warum und wie ist eine Legitimation des Kontoinhabers erforderlich?**

____

____

Manuela Nebel will sich mithilfe Ihres letzten Kontoauszugs über die Geldbewegungen auf ihrem Girokonto informieren.

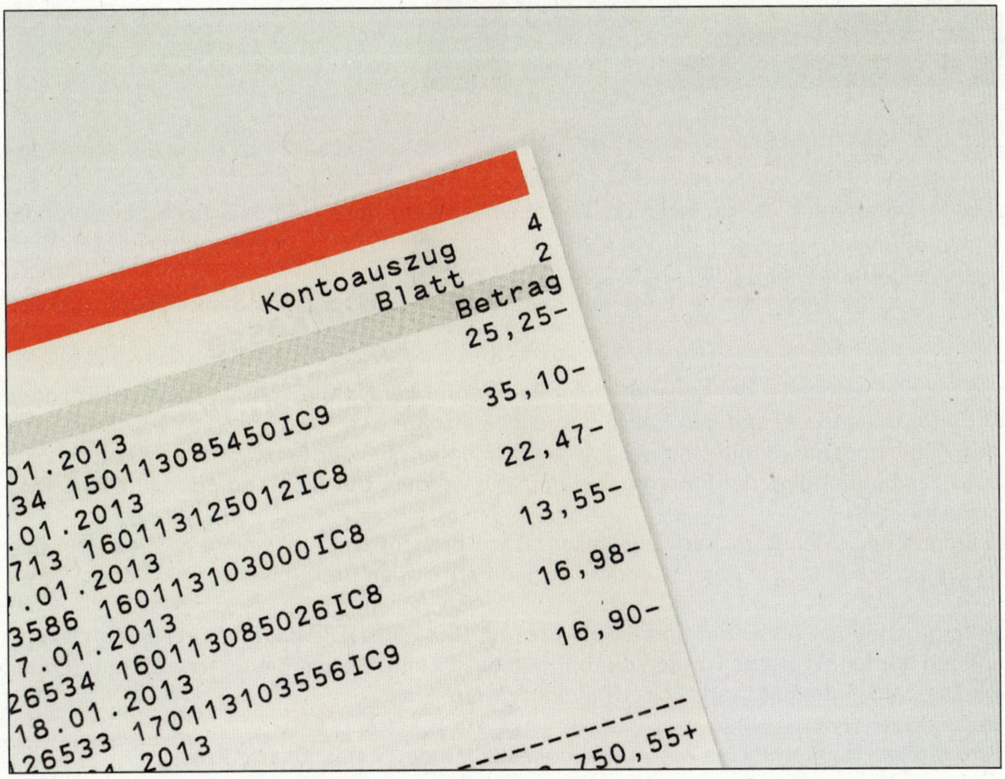

- **4. Worüber gibt der Kontoauszug Auskunft?**

____

____

Als **Kontoführungsgebühr** bezeichnet man die Grundgebühr für Girokonten. Meist besteht sie aus einer monatlich fälligen Pauschale.
Bei einigen Girokonten fällt sie jedoch ab einem gewissen monatlichen Gehaltseingang weg. Bei anderen Konten reduziert sie sich ab einem bestimmten durchschnittlichen monatlichen Guthaben. Schülerinnen und Schüler, Auszubildende und Studenten sind von der Kontoführungsgebühr häufig befreit.

3.3 Bar oder mit Karte?

Zahlungsarten

Zahlen kann man entweder bar, halbbar oder bargeldlos.

Barzahlungen sind zumeist im Alltag dann üblich, wenn die Beträge nicht sehr hoch sind, z. B. beim Einkaufen im Einzelhandel. Der Schuldner zahlt beim Gläubiger mit Münzen oder Banknoten. Beide benötigen für diesen Zahlungsvorgang kein Konto. Als Zahlungsbeleg dienen Quittung oder Kassenbon.
Eine Barzahlung kann auch über die Deutsche Post AG mit Express-Brief oder per Postbank-Minuten-Service erfolgen.

Bei der **halbbaren Zahlung** benötigt entweder der Absender oder der Empfänger ein Girokonto. Halbbar heißt, dass der Zahlungsvorgang zur Hälfte bar und zur anderen Hälfte bargeldlos erfolgt.
Bareinzahlungen durch den Absender sind mithilfe eines Zahlscheins möglich. Bei der Bank, Sparkasse oder Postbank kann so auf das Konto des Empfängers der Betrag bar eingezahlt werden. Der Empfänger erhält den Betrag auf seinem Girokonto gutgeschrieben.
Der Absender kann dem Empfänger einen Barscheck ausstellen. Dazu braucht der Absender ein Girokonto. Der Empfänger legt den Scheck beim Kreditinstitut des Absenders vor und erhält den Betrag bar ausgezahlt.

Bei der **bargeldlosen Zahlung** benötigen Absender und Empfänger ein Girokonto. Die Zahlung erfolgt durch Gutschrift bzw. Lastschrift auf den Konten. Typische Formen der bargeldlosen Zahlung sind die Überweisung oder der Verrechnungsscheck sowie die Zahlungen mit Kredit- oder Geldkarte.

■ **Ordnen Sie die im Informationstext angeführten Zahlungsmöglichkeiten den Zahlungsarten zu.**

Zahlungsarten	**Konto benötigt**		**Zahlungsmöglichkeiten**
	Zahlender	**Empfänger**	
Barzahlung	**nein**	**nein**	
Halbbare Zahlung	**ja**	**nein**	
	nein	**ja**	
Bargeldlose Zahlung	**ja**	**ja**	

3.4 Cash bezahlen

Barzahlung

Fabian Scherer verkauft seinen Motorroller XX-300 an Alena Nebel für 720,00 €. Alena bezahlt bar und verlangt von Fabian eine Quittung.

■ **Füllen Sie den Quittungsvordruck aus.**

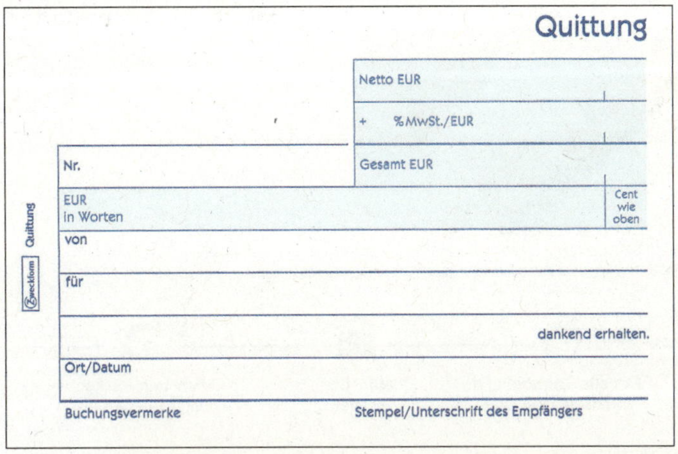

Quittung

Netto EUR

\+ %MwSt./EUR

Nr.

Gesamt EUR

EUR in Worten

Cent wie oben

von

für

dankend erhalten.

Ort/Datum

Buchungsvermerke

Stempel/Unterschrift des Empfängers

Zweckform Quittung

Beim **Minuten-Service** über die Postbank muss der Absender ein Formular ausfüllen und bei der Postbank den Betrag bar einzahlen. Innerhalb weniger Minuten ist das Geld im Ausland in einer Western-Union-Agentur zugänglich. Die Auszahlung erfolgt an den Empfänger in Bargeld, meist in der entsprechenden Landeswährung.
Gesichert ist der Transfer durch zwei Komponenten: Erstens muss sich der Empfänger vor Ort entsprechend ausweisen und zweitens erhält der Sender eine sogenannte Geldtransferkontrollnummer. Diese ist zwar nicht zwingend notwendig für die Auszahlung, bietet jedoch zusätzlichen Schutz, wenn sie vorher dem Empfänger mitgeteilt worden ist.

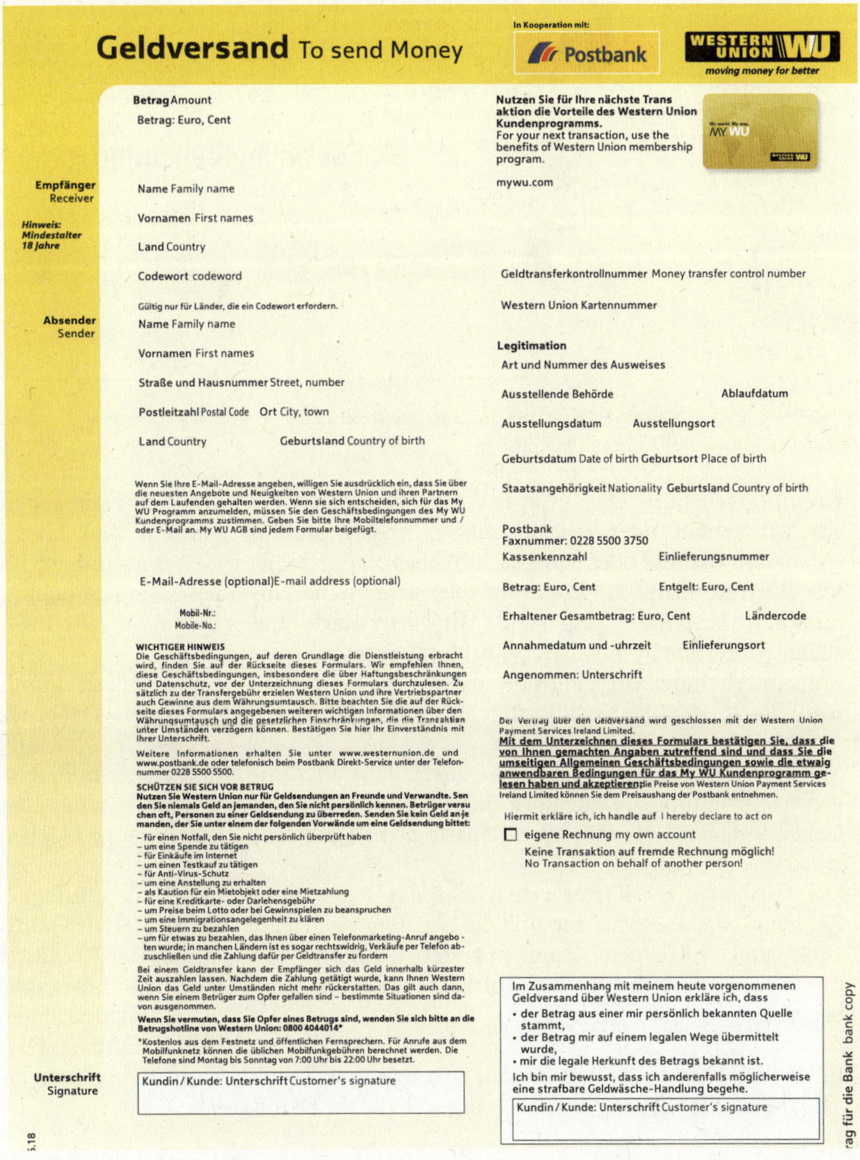

Geldversand To send Money

In Kooperation mit: Postbank WESTERN UNION WU moving money for better

Betrag Amount
Betrag: Euro, Cent

Empfänger Receiver
Hinweis: Mindestalter 18 Jahre

Name Family name
Vornamen First names
Land Country
Codewort codeword
Gültig nur für Länder, die ein Codewort erfordern.

Absender Sender

Name Family name
Vornamen First names
Straße und Hausnummer Street, number
Postleitzahl Postal Code Ort City, town
Land Country Geburtsland Country of birth

Wenn Sie Ihre E-Mail-Adresse angeben, willigen Sie ausdrücklich ein, dass Sie über die neuesten Angebote und Neuigkeiten von Western Union und ihren Partnern auf dem Laufenden gehalten werden. Wenn sie sich entscheiden, sich für das My WU Programm anzumelden, müssen Sie den Geschäftsbedingungen des My WU Kundenprogramms zustimmen. Geben Sie bitte Ihre Mobiltelefonnummer und / oder E-Mail an. My WU AGB sind jedem Formular beigefügt.

E-Mail-Adresse (optional) E-mail address (optional)

Mobil-Nr.:
Mobile-No.:

WICHTIGER HINWEIS
Die Geschäftsbedingungen, auf deren Grundlage die Dienstleistung erbracht wird, finden Sie auf der Rückseite dieses Formulars. Wir empfehlen Ihnen, diese Geschäftsbedingungen, insbesondere die über Haftungsbeschränkungen und Datenschutz, vor der Unterzeichnung dieses Formulars durchzulesen. Zusätzlich zu der Transfergebühr erzielen Western Union und ihre Vertriebspartner auch Gewinne aus dem Währungsumtausch. Bitte beachten Sie die auf der Rückseite dieses Formulars angegebenen weiteren wichtigen Informationen über den Währungsumtausch und die gesetzlichen Einschränkungen, die die Transaktion unter Umständen verzögern können. Bestätigen Sie hier Ihr Einverständnis mit Ihrer Unterschrift.

Weitere Informationen erhalten Sie unter www.westernunion.de und www.postbank.de oder telefonisch beim Postbank Direkt-Service unter der Telefonnummer 0228 5500 5500.

SCHÜTZEN SIE SICH VOR BETRUG
Nutzen Sie Western Union nur für Geldsendungen an Freunde und Verwandte. Senden Sie niemals Geld an jemanden, den Sie nicht persönlich kennen. Betrüger versuchen oft, Personen zu einer Geldsendung zu überreden. Senden Sie kein Geld an jemanden, der Sie unter einem der folgenden Vorwände um eine Geldsendung bittet:

- für einen Notfall, den Sie nicht persönlich überprüft haben
- um eine Spende zu tätigen
- für Einkäufe im Internet
- um einen Testkauf zu tätigen
- für Anti-Virus-Schutz
- um eine Anstellung zu erhalten
- als Kaution für ein Mietobjekt oder eine Mietzahlung
- für eine Kreditkarte- oder Darlehensgebühr
- um Preise beim Lotto oder bei Gewinnspielen zu beanspruchen
- um eine Immigrationsangelegenheit zu klären
- um Steuern zu bezahlen
- um für etwas zu bezahlen, das Ihnen über einen Telefonmarketing-Anruf angeboten wurde; in manchen Ländern ist es sogar rechtswidrig, Verkäufe per Telefon abzuschließen und die Zahlung dafür per Geldtransfer zu fordern

Bei einem Geldtransfer kann der Empfänger sich das Geld innerhalb kürzester Zeit auszahlen lassen. Nachdem die Zahlung getätigt wurde, kann Ihnen Western Union das Geld unter Umständen nicht mehr rückerstatten. Das gilt auch dann, wenn Sie einem Betrüger zum Opfer gefallen sind – bestimmte Situationen sind davon ausgenommen.

Wenn Sie vermuten, dass Sie Opfer eines Betrugs sind, wenden Sie sich bitte an die Betrugshotline von Western Union: 0800 4044014*

*Kostenlos aus dem Festnetz und öffentlichen Fernsprechern. Für Anrufe aus dem Mobilfunknetz können die üblichen Mobilfunkgebühren berechnet werden. Die Telefone sind Montag bis Sonntag von 7:00 Uhr bis 22:00 Uhr besetzt.

Unterschrift Signature

Kundin / Kunde: Unterschrift Customer's signature

Nutzen Sie für Ihre nächste Transaktion die Vorteile des Western Union Kundenprogramms.
For your next transaction, use the benefits of Western Union membership program.

mywu.com

Geldtransferkontrollnummer Money transfer control number

Western Union Kartennummer

Legitimation
Art und Nummer des Ausweises
Ausstellende Behörde Ablaufdatum
Ausstellungsdatum Ausstellungsort
Geburtsdatum Date of birth Geburtsort Place of birth
Staatsangehörigkeit Nationality Geburtsland Country of birth

Postbank
Faxnummer: 0228 5500 3750
Kassenkennzahl Einlieferungsnummer
Betrag: Euro, Cent Entgelt: Euro, Cent
Erhaltener Gesamtbetrag: Euro, Cent Ländercode
Annahmedatum und -uhrzeit Einlieferungsort
Angenommen: Unterschrift

Der Vertrag über den Geldversand wird geschlossen mit der Western Union Payment Services Ireland Limited.
Mit dem Unterzeichnen dieses Formulars bestätigen Sie, dass die von Ihnen gemachten Angaben zutreffend sind und dass Sie die umseitigen Allgemeinen Geschäftsbedingungen sowie die etwaig anwendbaren Bedingungen für das My WU Kundenprogramm gelesen haben und akzeptieren. Die Preise von Western Union Payment Services Ireland Limited können Sie dem Preisaushang der Postbank entnehmen.

Hiermit erkläre ich, ich handle auf I hereby declare to act on

☐ eigene Rechnung my own account

Keine Transaktion auf fremde Rechnung möglich!
No Transaction on behalf of another person!

Im Zusammenhang mit meinem heute vorgenommenen Geldversand über Western Union erkläre ich, dass

- der Betrag aus einer mir persönlich bekannten Quelle stammt,
- der Betrag mir auf einem legalen Wege übermittelt wurde,
- mir die legale Herkunft des Betrags bekannt ist.

Ich bin mir bewusst, dass ich anderenfalls möglicherweise eine strafbare Geldwäsche-Handlung begehe.

Kundin / Kunde: Unterschrift Customer's signature

rag für die Bank bank copy

.18

3.5 Electronic Cash

Bankkarte

Das Zahlen mit Karte boomt. Immer mehr Verbraucher nutzen diese bargeldlose Zahlungsmöglichkeit.
Grundsätzlich lassen sich drei Kartenarten unterscheiden:
- Kreditkarte
- Kundenkarte
- Girokarte (früher ec-Karte)

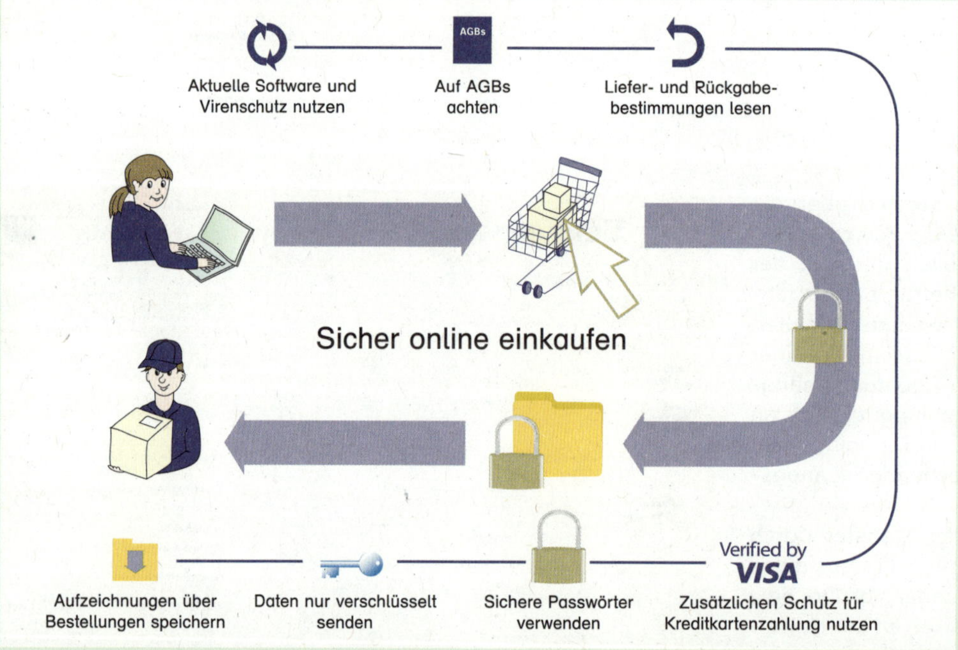

Kreditkarten (z.B. MasterCard, VisaCard) werden bei Kreditinstituten oder einer Kreditkartenorganisation (American Express oder Diners Club) beantragt. Kreditwürdigen Kunden wird kostenlos oder gegen eine Jahresgebühr eine Karte ausgestellt. Mit dieser Karte und seiner Unterschrift kann der Karteninhaber bei Vertragsunternehmen bargeldlos bezahlen. Viele Unternehmen akzeptieren die Kreditkarten als Zahlungsmittel.

Mit der Kreditkarte werden meist zusätzliche Leistungen angeboten, z.B. kostenlose Bargeldbeschaffung an Geldautomaten oder aber auch Rabatte beim Tanken.

Die **Girokarte (ec-Karte)** ermöglicht das bargeldlose Zahlen, Bargeldbeschaffung und die Nutzung von Geldautomaten. Außerdem kann mit der Girokarte die Bezahlung direkt über die Einkaufskasse erfolgen. Hierbei gibt es zwei Möglichkeiten:

Beim POS-Verfahren wird an den sogenannten Point-of-Sale-Kassen (POS) die Karte eingegeben.Die Daten werden vom sogenannten EMV-Chip auf der Karte gelesen. Anschließend muss der Karteninhaber seine Geheimnummer (PIN) in das Kartenlesegerät eingeben. Die Abbuchung erfolgt direkt auf elektronischem Weg.

Eine andere Möglichkeit ist das sogenannte POZ-Verfahren. Dabei wird die Karte ebenfalls an der Kasse ein-gelesen, jedoch keine PIN eingegeben. Der Kunde unterschreibt den Kassenbeleg und gibt damit sein Einverständnis, dass der Betrag von seinem Konto per Lastschrift eingezogen wird.

Durch den integrierten Multifunktionschip wird die Girokarte zur **Geldkarte**. Mit ihr ist es möglich, an Terminals der Kreditinstitute Geldbeträge auf die Karte zu laden. Beim Bezahlen an der Kasse wird der Betrag von der Geldkarte abgebucht, ohne einen PIN-Code eingeben zu müssen. Dies bedeutet allerdings auch, dass bei Verlust der Karte der gespeicherte Geldbetrag verloren ist.

Bank- und Kreditkarte

Um eine girocard zu bekommen, muss man beschränkt geschäftsfähig sein und damit – rein rechtlich – mindestens 7 Jahre alt. Bis zur Volljährigkeit braucht man dafür die Zustimmung der Erziehungsberechtigten. Ab welchem Alter tatsächlich girocards ausgegeben werden, regeln Banken und Sparkassen unterschiedlich, z. B. werden bei manchen Instituten ab 12 oder 14 Jahren mit Zustimmung der Eltern girocards ausgegeben, mit denen auch im Handel gezahlt werden kann, solange ausreichend Guthaben auf dem Konto ist. Kundenkarten, die nur zum Geld abheben am Automaten genutzt werden können, werden i. d. R. früher ausgegeben, als girocards.

1. Erläutern Sie die Bedeutung der abgebildeten Symbole.

GeldKarte

maestro.

mastercard.

VISA

girocard

Bei Verlust der girocard sollten Kunden sofort die Sperrzentrale ihres Instituts informieren, um ihre girocard sperren zu lassen.
Manche Institute nehmen am zentralen Sperrnotruf 116 116 teil. Ob das eigene Institut auch am Sperrnotruf teilnimmt und wie Kunden ihre Karte im Notfall sperren können, erfahren sie von ihrem Bankberater. Zur Sperrung sollten Kunden ihre Kontonummer und Bankleitzahl bereithalten.

3.6 Rechnungen begleichen

Bareinzahlung und Nachnahme

Herr Martin ist in Bad Bergzabern für vier Wochen zur Kur. Im Handschuhfach seines Autos findet er eine Rechnung der Autowerkstatt über die letzte Inspektion. Die Rechnung ist noch nicht bezahlt. Herr Martin hat zwar am Kurort kein Konto, dennoch kann er mithilfe des Zahlscheins seine Rechnung noch rechtzeitig begleichen.

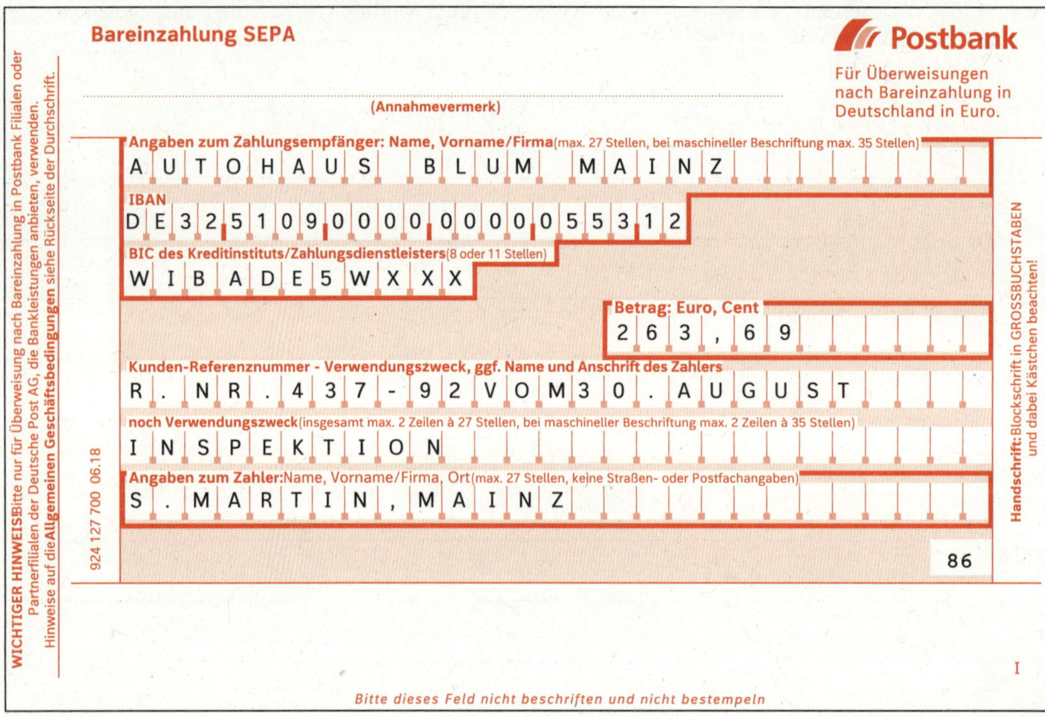
Bareinzahlung SEPA

Postbank
Für Überweisungen nach Bareinzahlung in Deutschland in Euro.

(Annahmevermerk)

Angaben zum Zahlungsempfänger: Name, Vorname/Firma (max. 27 Stellen, bei maschineller Beschriftung max. 35 Stellen)
AUTOHAUS BLUM MAINZ

IBAN
DE32 5109 0000 0000 0553 12

BIC des Kreditinstituts/Zahlungsdienstleisters (8 oder 11 Stellen)
WIBADE5WXXX

Betrag: Euro, Cent
263,69

Kunden-Referenznummer - Verwendungszweck, ggf. Name und Anschrift des Zahlers
R. NR. 437-92 VOM 30. AUGUST

noch Verwendungszweck (insgesamt max. 2 Zeilen à 27 Stellen, bei maschineller Beschriftung max. 2 Zeilen à 35 Stellen)
INSPEKTION

Angaben zum Zahler: Name, Vorname/Firma, Ort (max. 27 Stellen, keine Straßen- oder Postfachangaben)
S. MARTIN, MAINZ

86

WICHTIGER HINWEIS: Bitte nur für Überweisung nach Bareinzahlung in Postbank Filialen oder Partnerfilialen der Deutsche Post AG, die Bankleistungen anbieten, verwenden. Hinweise auf die Allgemeinen Geschäftsbedingungen siehe Rückseite der Durchschrift.

924 127 700 06.18

Handschrift: Blockschrift in GROSSBUCHSTABEN und dabei Kästchen beachten!

I

Bitte dieses Feld nicht beschriften und nicht bestempeln

■ **1. Wie kann Herr Martin nachweisen, dass er die Rechnung bezahlt hat?**

■ **2. Warum muss Herr Martin den Zahlschein nicht unterschreiben?**

Bei den Kreditinstituten besteht die Möglichkeit, mit einem **Zahlschein** (Bareinzahlung, Gutschrift) einen Geldbetrag auf ein anderes Konto einzuzahlen. Dazu benötigt der Absender selbst kein Konto. Da die meisten über ein Girokonto verfügen, werden Zahlscheine nur in Ausnahmefällen benutzt, zumal die Gebühren höher sind als bei Überweisungen. Deshalb können z. B. Vordrucke von Hilfsorganisationen sowohl als Zahlschein als auch als Überweisung benutzt werden.

Eine besondere Form der halbbaren Zahlung ist die **Nachnahme**. Die Post händigt einen Brief, ein Päckchen oder ein Paket nur dann aus, wenn der Empfänger den Nachnahmebetrag bar zahlt. Dieser Nachnahmebetrag setzt sich zusammen aus dem Rechnungsbetrag und den Gebühren für die Nachnahme. Die Lieferung per Nachnahme (Höchstbetrag 3 500,00 €) garantiert dem Absender, dass die Ware nur gegen Bezahlung ausgeliefert wird.

■ **3. Ein Onlineshop wirbt im Internet mit der abgebildeten Anzeige. Auf welche Vorteile setzt der Anbieter?**

„Du möchtest gerne in einem Onlineshop einkaufen, aber nur, wenn dieser auch per Nachnahme liefert?
Dann bist du hier richtig!“

3.7 Geld überweisen

Überweisung

Gabriele Streit hat beim Versandhaus MODENA aus Düsseldorf Kleider bestellt. Die Lieferung ist heute erfolgt. Ihr ist die Rechnung Nr. 430-05 (Kd-Nr. 75-883) über den Betrag von 375,30 € beigefügt mit der Aufforderung, den Betrag auf das Konto bei der Commerzbank IBAN DE23 7896 0023 0020 0400 00, BIC COBADEDDXXX zu überweisen.

■ **Tätigen Sie für Gabriele die Überweisung; ihre IBAN lautet DE 61 5485 0010 0020 0805 44.**

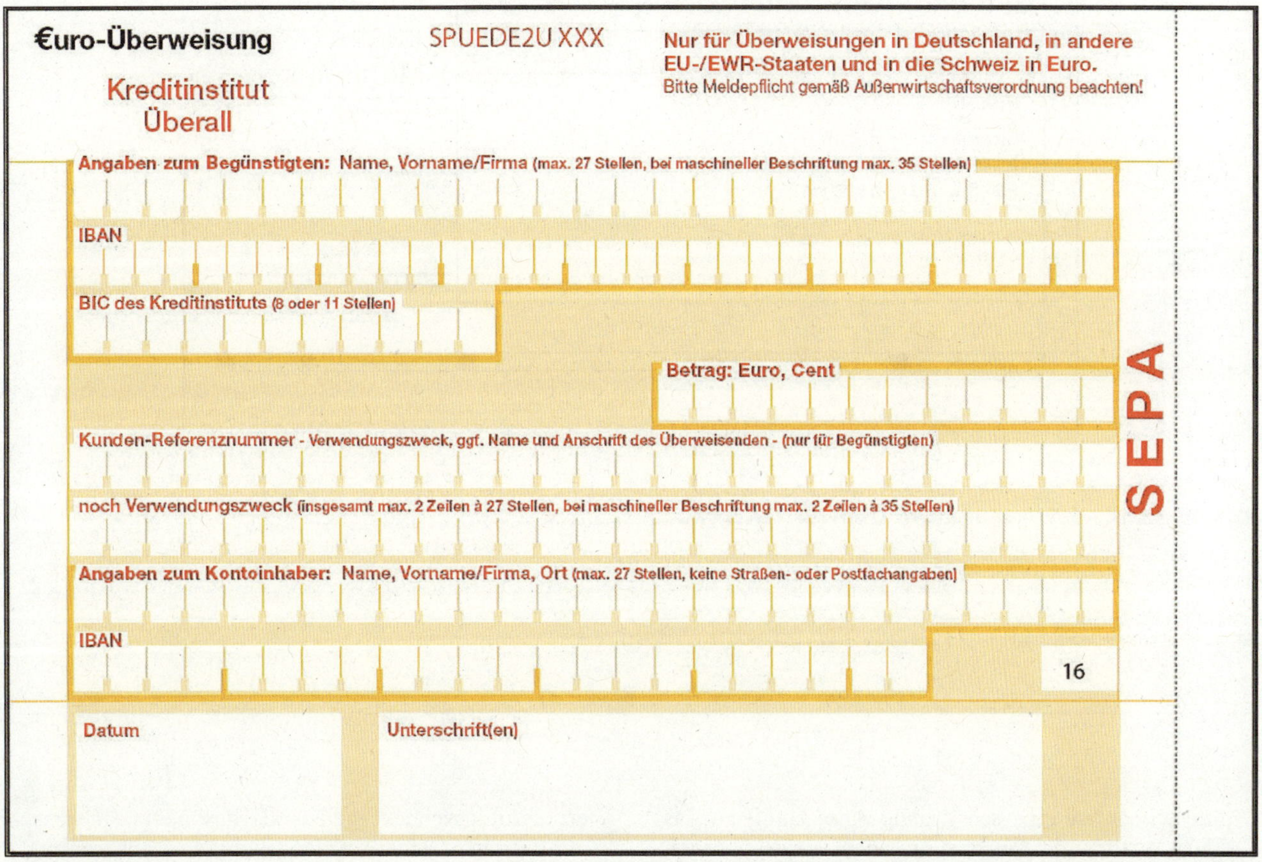
€uro-Überweisung
Kreditinstitut Überall
SPUEDE2U XXX
Nur für Überweisungen in Deutschland, in andere EU-/EWR-Staaten und in die Schweiz in Euro.
Bitte Meldepflicht gemäß Außenwirtschaftsverordnung beachten!
Angaben zum Begünstigten: Name, Vorname/Firma (max. 27 Stellen, bei maschineller Beschriftung max. 35 Stellen)
IBAN
BIC des Kreditinstituts (8 oder 11 Stellen)
Betrag: Euro, Cent
Kunden-Referenznummer - Verwendungszweck, ggf. Name und Anschrift des Überweisenden - (nur für Begünstigten)
noch Verwendungszweck (insgesamt max. 2 Zeilen à 27 Stellen, bei maschineller Beschriftung max. 2 Zeilen à 35 Stellen)
Angaben zum Kontoinhaber: Name, Vorname/Firma, Ort (max. 27 Stellen, keine Straßen- oder Postfachangaben)
IBAN
16
Datum
Unterschrift(en)
SEPA

Überweisungen sind beim bargeldlosen Zahlungsverkehr die am meisten verwendete Zahlungsform. Die Zahlung ist einfach und bequem mithilfe der Überweisungsformulare oder am Überweisungsterminal vorzunehmen. Während das Girokonto des Absenders belastet wird, erhält das Konto des Empfängers eine Gutschrift. Dabei wird kein Bargeld bewegt, sondern nur über die Girozentrale der Banken eine Buchung durchgeführt.
Vielen Rechnungen sind bereits ausgefüllte Überweisungsvordrucke beigefügt. Der Kunde muss nur noch seine IBAN eintragen und unterschreiben. Bei vielen Terminals besteht die Möglichkeit, den Überweisungsvordruck einzulesen.

Eine besondere Form der Überweisung sind Dauerauftrag und Lastschriftverfahren. Sie erleichtern dem Gläubiger und Schuldner den Zahlungsverkehr. Der Schuldner spart sich den Gang zu seinem Kreditinstitut und verhindert, dass fällige Zahlungen vergessen werden. So können Mahngebühren und Versäumniszuschläge vermieden werden.

Beim **Dauerauftrag** gibt der Kontoinhaber seiner Bank den Auftrag, zu bestimmten Terminen einen bestimmten Betrag auf ein anderes Konto zu überweisen.

Bei wiederkehrenden Zahlungen, die aber immer andere Beträge aufweisen, bietet sich die Möglichkeit des **Lastschriftverfahrens** an. Dabei erteilt der Schuldner dem Gläubiger eine **Einzugsermächtigung**. Der Gläubiger wird so ermächtigt, bis auf Widerruf vom Girokonto des Schuldners die fälligen Beträge abbuchen zulassen. Bei irrtümlichen Abbuchungen kann der Schuldner innerhalb von sechs Wochen bei seinem Kreditinstitut Widerspruch einlegen und Zahlungen rückgängig machen.

3.8 Einen Scheck einlösen

Verrechnungsscheck

Herr Lambert hat Post von seiner Kfz-Versicherung erhalten. In dem Schreiben wird ihm mitgeteilt, dass er wegen des unfallfreien Versicherungsjahres eine Beitragsrückerstattung erhält. Als Anlage ist folgender Scheck beigefügt.

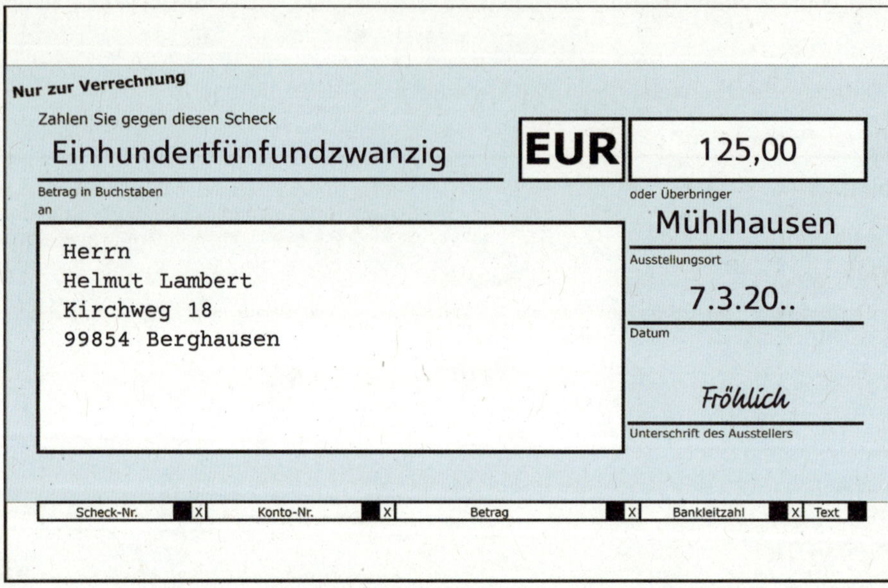
Nur zur Verrechnung
Zahlen Sie gegen diesen Scheck
Einhundertfünfundzwanzig
EUR 125,00
Betrag in Buchstaben
an
Herrn
Helmut Lambert
Kirchweg 18
99854 Berghausen
oder Überbringer
Mühlhausen
Ausstellungsort
7.3.20..
Datum
Fröhlich
Unterschrift des Ausstellers
Scheck-Nr. X Konto-Nr. X Betrag X Bankleitzahl X Text

1. Was bedeutet die Aufschrift „Nur zur Verrechnung"?

---

2. Wie und wo kann Herr Lambert den Scheck einlösen?

Ein Scheck ist eine schriftliche Anweisung an das Kreditinstitut des Ausstellers, den ausgewiesenen Betrag an den Überbringer auszuzahlen. Durch die Aufschrift „Nur zur Verrechnung" oder durch zwei Querstriche am linken oberen Rand wird ein Barscheck zum Verrechnungsscheck.

Verrechnungsschecks gelten als besonders sicheres Zahlungsmittel. Sie werden nicht bar ausgezahlt, sondern als Gutschrift auf das Konto gebucht.
In vielen Fällen muss sich der Überbringer durch seine Unterschrift auf der Rückseite als berechtigter Inhaber ausweisen; dieser Vorgang wird als „girieren" bezeichnet.

3. Entscheiden Sie, welche Zahlungsmöglichkeiten sinnvoll sind. Kreuzen Sie an.

	Dauerauftrag	Lastschrift
Zeitschriftenabonnement		
Telefongebühren fürs Smartphone		
Miete		
Kfz-Haftpflicht		
Mitgliedsbeitrag im Sportverein		
Gebühren für Strom und Wasser		

3.9 Das ultimative Kreuzworträtsel zum Zahlungsverkehr

Lösen Sie das Kreuzworträtsel „Rund um den Zahlungsverkehr". Die markierten Felder ergeben von oben nach unten gelesen ein wichtiges Formular im bargeldlosen Zahlungsverkehr.

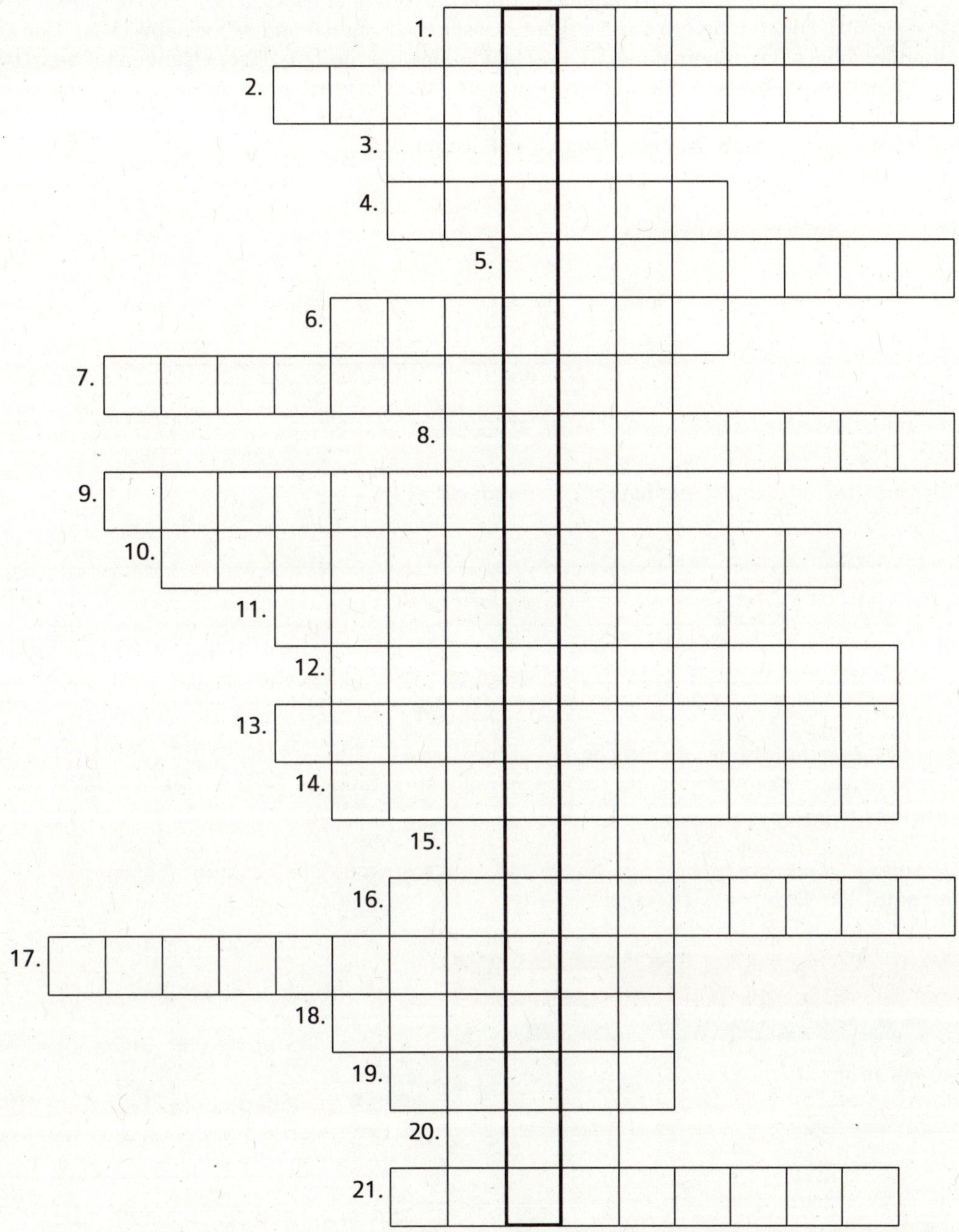

1. Beleg für erfolgte Zahlung
2. Bargeldüberweisung durch Postbank
3. Plus auf dem Kontoauszug
4. Geld bei der Bank aufnehmen
5. Muss bezahlt werden
6. Pass
7. Bareinzahlung mit ...
8. Konto, das jeder braucht
9. Darauf werden alle Zahlungsvorgänge ausgewiesen
10. Für regelmäßige Überweisungen durch die Bank
11. Barzahlung bei Lieferung durch die Post
12. Zahlung ohne Geld
13. Für unregelmäßige Überweisungen durch die Bank
14. Der das Geld erhält
15. Minus auf dem Kontoauszug
16. Mit Münzen und Banknoten bezahlen
17. Hier kann man Geld abheben
18. Prüft die Kreditwürdigkeit
19. Kontostand
20. Abk. für Transaktionsnummer
21. Frühere ec-Karte

3.10 Bankgeschäfte per Computer

Onlinebanking

Onlinebanking bietet die Möglichkeit, bankbezogene Geldgeschäfte bequem und schnell von zu Hause online durchzuführen. Alltägliche Transaktionen rund um das Girokonto lassen sich einfach und schnell abwickeln. Der Kunde behält jederzeit den Überblick über seinen Kontostand, kann Geldeingänge überprüfen, Überweisungen tätigen, Daueraufträge einrichten oder Geldbeträge auf Tagesgeld- und Festgeldkonten transferieren, ohne den lästigen Gang zu seiner Hausbank antreten zu müssen. Damit entfallen der Weg zur Bank und das Anstehen am Bankschalter. Auch die Öffnungszeiten der Geldinstitute spielen beim Onlinebanking keine Rolle mehr.

1. Welche Vorteile bietet Onlinebanking?

____

____

____

2. Welche Risiken sind mit dem Onlinebanking verbunden?

____

____

____

3. Informieren Sie sich im Internet über Sicherheitstipps beim Onlinebanking (z. B. beim Bundesverband deutscher Banken unter www.bankenverband.de, Suchbegriff: Sicherheitstipps). Fertigen Sie ein Plakat „Die 10 Gebote für sicheres Onlinebanking“ an.

4. Gehen Sie auf die Internetseite Ihrer Sparkasse und gehen Sie mit dem Suchbegriff „Demokonto“ auf „Demo Online-Banking smsTAN“. Es öffnet sich folgende Seite:

- **Geben Sie die Zugangsdaten ein.**
- **Gehen Sie weiter mit „Online-Banking Login“.**

5. Was bedeutet die Abkürzung PIN?

____

6. Welche Aufgabe hat die TAN?

____

____

____

Onlinebanking mit dem Demokonto Ihrer Sparkasse

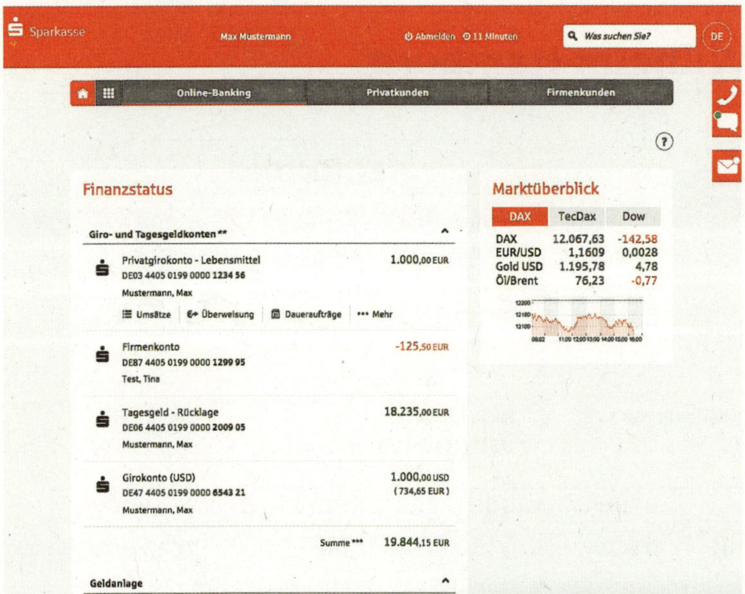

■ **1. Listen Sie alle Konten von Herrn Max Mustermann auf:**

____

____

____

____

____

____

____

____

____

____

■ **2. Öffnen Sie das Privatgirokonto.**

a) Informieren Sie sich über die Umsätze, indem Sie den Button „Umsatzanfrage" anklicken:

b) Geben Sie als Zeitraum zwei Monate rückwirkend zum heutigen Datum ein.

c) Bestätigen Sie mit „Aktualisieren".

d) Wie hoch ist der alte Kontostand? ______________________ €

e) Wie hoch ist der neue Kontostand? ______________________ €

f) Informieren Sie sich über die einzelnen Umsätze, indem Sie den Info-Button anklicken:

■ **3. Öffnen Sie Ihr Postfach. Welche Nachrichten sind hinterlegt?**

____

____

TIPP
Mit Klick auf den Button [Online-Banking] gelangen Sie wieder auf die Funktionen des Kontos.

■ **4. Erkunden Sie weitere Funktionen unter „Banking".**

Onlinebanking mit dem Demokonto Ihrer Sparkasse

Foto-Wilhelm Hamburg

Foto-Wilhelm, Fasanenstr. 32, 22145 Hamburg

Herrn
Max Mustermann
Westring 34
55116 Mainz

RECHNUNG

Nummer: 8007
Kunden-Nummer: 911202
Seite: 1

Ihr Zeichen, Ihre Nachricht vom	Unser Zeichen, unsere Nachricht vom	Tel. Durchwahl	Hamburg
10.03. ..	frie 07.03. ..	020/342208-435	16.03. ..

POS.	ART-NUM	BEZEICHNUNG	EINH	MENGE	EINZELPREIS	BETRAG/€
1.	1230101	SONY OCD-TR 202	STCK	1	766,00	766,00

Zwischensumme:	766,00
MwSt 19%	145,54
+ Versandkosten:	3,00
Gesamtbetrag:	914,54

Es gelten folgende Lieferungs- und Zahlungsbedingungen:

Lieferung:	zzgl. Versandkosten	Zahlungsziel:	10 Tage
Lieferzeit:	10 Tage	Skonto bei Barzahlung:	0,0 %

Bankverbindung: Deutsche Bank Hamburg IBAN: DE27 2007 0024 0003 4400 02 BIC: DEUTDEDBHAM
Erfüllungsort und Gerichtsstand ist Hamburg

1. Sie wollen die Rechnung der Firma Foto-Wilhelm online bezahlen.
a) Tätigen Sie die Überweisung über das Privatgirokonto 123456.
b) Überprüfen Sie die Überweisung mithilfe der Druckansicht.

2. Sie wollen über das Privatgirokonto 123456 einen Dauerauftrag einrichten. Gehen Sie dazu über „Online-Banking", „Banking" zu „Dauerauftrag". Unter „Neuer Einzelauftrag" können Sie den Dauerauftrag einrichten.

Ab nächstem Monat haben Sie eine eigene Wohnung gemietet. Die Miete beträgt 380,00 € und ist jeweils zum 1. des Monats fällig. Der Vermieter, Herr Michael Meier, hat Ihnen folgende Kontoverbindung mitgeteilt: IBAN: DE95 5485 0010 0231 1234 56 bei der Sparkasse Südliche Weinstraße, BIC: SOLADES1SUW (Landau in der Pfalz).

3. Gehen Sie über „Online-Banking" zu „Brokerage". Öffnen Sie die „Depot-Übersicht". Verschaffen Sie sich einen Überblick über die Wertpapiere.
a) Kaufen Sie 100 Stück Aktien der Bay. Motorenwerke AG (BMW).
b) Verkaufen Sie 50 Aktien der Siemens AG.

Info-Box

Dauerauftragsbedingungen
Die Ausführung eines Dauerauftrags kann bei nicht ausreichender Kontodeckung unterbleiben. Sofern der Auftrag mangels Deckung nicht ausgeführt werden konnte, sind wir berechtigt, den Dauerauftrag zu löschen.

Zwischen Einrichtung und erster Ausführung eines Dauerauftrags müssen mindestens zwei Bankarbeitstage liegen. Eine nachträgliche Änderung des Ausführungstermins ist nicht möglich.

4. Informieren Sie sich über das Börsenspiel der Sparkassen, Volksbanken und anderer Kreditinstitute. Melden Sie sich mit Ihrer Lerngruppe an.

4 Rechte und Pflichten aus Verträgen

4.1 Augen auf beim Kauf

Verbraucherbewusst handeln

Quelle: test 05/2017

Nach dem Eichgesetz sind Mogelpackungen verboten.

1. Vergleichen Sie die beiden Pralinenschachteln. Wo wird gemogelt?

____

____

2. Nennen Sie weitere Beispiele für Mogeleien.

____

____

Beim Kauf gilt: Augen auf! Nur wer sich informiert, vergleicht und kontrolliert, kann sich vor Tricks und Scheinangeboten schützen. Deshalb sollten Sie
- wissen, was Sie kaufen wollen,
- nicht übereilt kaufen,
- nicht mehr kaufen, als Sie sich leisten können,
- in m ehrere Geschäfte gehen,
- sich bei Verbraucherzentralen Rat einholen,
- Testberichte studieren.

Informationen und Hilfen gibt es u. a. bei:
- den Verbraucherzentralen und ihren Beratungsstellen: www.verbraucherzentrale.de
- der Verbraucherzentrale Bundesverband: www.vzbv.de
- der Stiftung Warentest: www.stiftung-warentest.de
- beim Europäischen Verbraucherzentrum Kiel: www.evz.de

3. Auch in Ihrer Nähe befindet sich eine Verbraucherberatungsstelle. Notieren Sie mithilfe des Telefonbuchs Anschrift und Telefonnummer.

____

____

4. In einer Werbeanzeige finden Sie den folgenden Hinweis. Was erfahren Sie über das Produkt?

Stiftung Warentest
test
GUT (1,8)
Im Test:
18 Bluetooth-Lautsprecher
Ausgabe 9/2017
www.test.de
17US49

____

____

4.2 Jugend testet

Projekt Warentest

Sicherlich kennen Sie die Waren- und Dienstleistungstests der Stiftung Warentest. Mithilfe dieser Tests werden Produkte und Dienstleistungen auf ihre Beschaffenheit und Qualität untersucht. Dadurch soll herausgefunden werden, welchen Gebrauchswert diese Waren und Dienstleistungen für die Verbraucher haben.

■ Führen Sie ein Projekt „Warentest" durch. Dabei sollten Sie wie folgt vorgehen:

1. Festlegung des Produkts:
Schokolade

2. Was soll herausgefunden werden?
- Geschmack
- Inhaltsstoffe laut Deklaration
- Verpackung
- Handhabbarkeit
- Preis
- ______________________

3. Infos über das Produkt:
Infos zu Kakao und Schokoladenherstellung (www.quarks.de/schokolade)

4. Produktauswahl:
Vollmilchschokolade (100 g) verschiedener Hersteller, z. B. Sarotti, Milka, …

5. Einkauf
- Supermarkt
- Kiosk
- Tankstelle
- ______________

6. Kriterien/Gewichtung (%):
- Geschmack
- Inhalt
- Verpackung/Aufmachung
- ______________________

7. Testmethoden:
- Blindverkostung
- Abwiegen
- Chemische Prüfung
- ______________________

8. Testauswertung:
- Einzelergebnis festlegen
- Gesamtergebnis berechnen
- Darstellung überlegen
- Verbrauchertipps erarbeiten
- ______________________

9. Testergebnisse veröffentlichen:
- Schülerzeitung
- Presse
- ______________________

Quelle: Stiftung Warentest (Hg.): Markt + Warentest. 3. aktual. Auflage 2012, Berlin, S. 150–151. (verändert)

Die **Stiftung Warentest** wurde 1964 auf Beschluss des Deutschen Bundestages gegründet, um dem Verbraucher durch die vergleichenden Tests von Waren und Dienstleistungen eine unabhängige und objektive Unterstützung zu bieten.

- **Wir kaufen** – anonym im Handel, nehmen Dienstleistungen verdeckt in Anspruch.
- **Wir testen** – mit wissenschaftlichen Methoden in unabhängigen Instituten nach unseren Vorgaben.
- **Wir bewerten** – von „sehr gut" bis „mangelhaft", ausschließlich auf Basis der objektivierten Untersuchungsergebnisse.
- **Wir veröffentlichen** – anzeigenfrei in unseren Zeitschriften test und FINANZtest und im Internet unter www.test.de.

Quelle: Stiftung Warentest: Über uns: Die Stiftung Warentest stellt sich vor. In: www.test.de/unternehmen/ [01.02.2018].

4.3 Angebote vergleichen

Angebotsvergleich

1. Markieren Sie im Text die wichtigen Überlegungen und Punkte, durch die Katharina schließlich zu ihrer Entscheidung kommt.

Katharina hat gerade ihren Führerschein A1 gemacht. Schon lange träumt sie von einem 50 ccm-Motorroller. Bevor sie sich für den Kauf entscheidet, will sie sich erst einmal eine Marktübersicht verschaffen. Dazu klappert sie die umliegenden Händler ab, studiert Fachzeitschriften und sucht ganz gezielt im Internet. Außerdem vergleicht sie Testergebnisse. Katharina kommt zu dem Ergebnis, dass ihr Roller vor allem folgende Eigenschaften aufweisen sollte: sportlich, Zwei-Takter mit Automatikgetriebe. Natürlich soll er auch fetzig lackiert sein. Als Nächstes stellt sie sich die Frage, ob ein Neu- oder Gebrauchtkauf infrage kommt. Da Katharina nur ca. 1 600,00 € von ihrem angesparten Taschengeld anlegen will, entscheidet sie, sich nach einem gepflegten gebrauchten Roller umzusehen. Aber eines steht jetzt fest: Sie will unbedingt dieses Modell haben:

2. Erstellen Sie für Katharina eine Checkliste, auf welche Punkte sie vor dem Kauf eines gebrauchten Rollers achten sollte. Fertigen Sie dazu ein Plakat an.

3. Katharina will ca. 1 600,00 € investieren. Wo kann sie sich informieren, welcher Preis für einen gebrauchten Roller angemessen ist?

____

____

____

4. Finden Sie einen passenden Motorroller für Katharina, indem Sie eine Internetrecherche durchführen. Notieren Sie stichwortartig Ihre Vorgehensweise.

____

____

____

____

5. Präsentieren Sie Ihr Ergebnis. Vergleichen Sie die Ergebnisse in Ihrer Lerngruppe.

4.4 Einen Kaufvertrag abschließen

Katharina findet in der Zeitung folgende Anzeige:

> **Motorroller Aprilia SR 50 R** EZ 09/17, 3200 km, 2,7 kW bei 6500/min, Automatikgetriebe, Sonderlack. rot, Sonderausst. Gepäcktr.,Vers. bis Dez., Topzustand, VB 1650 €, Thomas Simmendinger, Gartenweg 7, 55122 Mainz

Katharina ist an diesem Angebot interessiert und hat einen Besichtigungstermin mit dem Anbieter vereinbart. Nach einer Probefahrt kommt es zu folgendem Verkaufsgespräch.

An der Gabel links ist ein kleiner Lackschaden. Hat der Roller schon mal einen Unfall gehabt?

Nein. Unfallfrei! Der Roller ist mir nur mal umgefallen. Du kannst noch original Lackspray haben.

Zeigt der Tacho auch den wirklichen Kilometerstand an?

Klar doch, was denkst du denn? Hier ist das Scheckheft. Da kannst du nachschauen.

Wie viel Sprit verbraucht er?

Keine vier Liter. Und nur Normalbezin.

1650 € sind mir zu viel. Der Hinterreifen muss auch bald erneuert werden. Ich biete 1450 €.

Aber der Gepäckträger ist als Sonderausstattung im Preis inbegriffen.

Na gut, für 1500 € nehme ich den Roller. Ich zahle auch bar.

Einverstanden! Dann können wir ja den Vertrag ausfüllen.

Kaufvertrag

■ **Füllen Sie den Kaufvertrag zwischen Katharina Huber (Niederwaldstraße 42, 65183 Wiesbaden) und Thomas Simmendinger aus. Alle wichtigen Daten finden Sie in der Anzeige und im Verkaufsgespräch.**

Kaufvertrag

zwischen

Verkäufer		**Käufer**	
Name:	____________	Name:	____________
Straße:	____________	Straße:	____________
PLZ, Ort:	____________	PLZ, Ort:	____________

Der Verkäufer verkauft an den Käufer einen gebrauchten Roller:

Marke	____________	Typ	____________
Erstzulassung	____________	Gesamtlaufleistung in km	____________
Rahmennummer	3794894	Betriebserlaubnis-Nr.	AB 39 6A 031

Mit dem Roller wird gleichzeitig folgende Sonderausstattung verkauft:

____

Der Gesamtpreis für obiges Fahrzeug inkl. Sonderausstattung beträgt: ____________ €

in Worten: ____

Der Roller wird – wie besichtigt und Probe gefahren – unter Ausschluss jeglicher Gewährleistung verkauft.

Der Verkäufer sichert zu, dass
- ❍ der Roller unfall- und bruchfrei ist.
- ❍ der Roller folgende Unfallschäden hat:

____

Der Roller hat bei der Übergabe
- ❍ keine Mängel.
- ❍ folgende Mängel:

____

Der Käufer übernimmt die für den Roller bestehende Versicherung.

Der Verkäufer

____
Ort, Datum, Unterschrift

Der Käufer

____
Ort, Datum, Unterschrift

4.5 Den Kaufvertrag abschließen und erfüllen

Pflichten der Vertragspartner

Katharina Huber und Thomas Simmendinger haben den Kaufvertrag über den Motorroller abgeschlossen. Der Vorgang lässt sich wie folgt darstellen:

Mit dem Kaufvertrag haben Käufer und Verkäufer Pflichten übernommen.

Rechtzeitig liefern

Einwandfreie Waren liefern

Bestellte Ware annehmen

Pünktlich bezahlen

1. Welche Pflichten hat der Verkäufer, welche der Käufer?
Tragen Sie die Pflichten in obiges Schaubild ein.

Für Verträge gilt grundsätzlich, dass sie an keine Form gebunden sind. Sie können z. B. mündlich oder per Handschlag abgeschlossen werden. Wichtige Kaufverträge sollten jedoch schriftlich abgefasst werden.

Ein Kaufvertrag enthält u. a. die folgenden Punkte:

- Art der Ware
- Preis
- Zahlungsbedingungen
- Menge der Ware
- Qualität und Zustand der Ware

2. Überprüfen Sie, ob alle wichtigen Inhalte im Kaufvertrag zwischen Katharina und Thomas enthalten sind. Markieren Sie die Punkte im Vertrag auf der vorherigen Seite.

4.6 Um den Preis feilschen

Rabatte

Den teuren Motorroller günstiger bekommen? Für den Motorradhelm weniger bezahlen, als auf dem Preisetikett steht? Die Jacke mit 20 % Nachlass erstehen? – Wer gut verhandeln kann, wird belohnt. Deshalb: Feilschen will gelernt sein.

Die folgenden Tipps und Strategien hat die STIFTUNG WARENTEST zusammengestellt:

Handeln ist vor allem bei teuren Produkten sinnvoll. Dann lohnt sich auch die Planung des Einkaufs. Barzahlung, Selbstabholung, Stammkundschaft, günstigere Konkurrenzangebote sind gute Argumente, um den Preis zu drücken. Dabei gilt: Lügen haben kurze Beine. Stellt der Verkäufer dich durch Nachfragen bloß, gerätst du in die Defensive. Deshalb ist eine gute Vorbereitung wichtig:

Ausstrahlung. Setz ein fröhliches Gesicht auf. Jemandem, der schlecht gelaunt ist, gibt man nicht so gern Rabatt. Also: Vergiss den Spaßfaktor nicht!

Wunschpreis. Leg dich auf ein Preisziel für den Einkauf fest. Erkundige dich nach Vergleichpreisen. Notiere die Angebote, auf die du im Gespräch verweisen kannst.

Angebot abwarten. Verprelle den Verkäufer nicht mit überzogenen Wünschen. Frage nach Rabatt und prüfe dann sein Angebot.

Kundendienst. Händler machen gern Serviceangebote wie kostenlose Inspektionen oder Montagearbeiten, um Preisnachlässe zu vermeiden. Prüfe, wie viel dir solche Dienste wert sind, und vergleiche das Angebot dann mit dem angepeilten Rabatt.

Naturalrabatte. Auch Zugaben sind beliebte Ausweichstrategien. Überlege dir deshalb ein attraktives Extra (etwa zum CD-Player eine CD) oder bereite dich darauf vor, angebotenen Schund abzulehnen.

Saisonware. Kaufe außerhalb der Saison oder zum Saisonende – zum Beispiel Skier oder Bikini. Da solche Produkte besonders schwer im Regal liegen, sind Rabatte eher zu erzielen. Achte auf Vorjahresmodelle. Das Bike aus dem Vorjahr ist deutlich günstiger als das technisch kaum verbesserte neue Modell.

Entschlossenheit. Manche Verkäufer bluffen mit dem vermeintlich „letzten Wort". Gehe dann, wenn dein Zielpreis nicht erreicht wurde. Vielleicht macht dir der hinterhereilende Verkäufer ein „allerletztes" Angebot.

Quelle: Stiftung Warentest (Hg.): Einkaufen mit Rabatt: Teure Schnäppchen. In: Finanztest 9/2001. (verändert)

■ 1. Analysieren Sie das Verkaufsgespräch zwischen Katharina und Thomas (S. 58). Welche Strategien hat Katharina erfolgreich eingesetzt?

■ 2. Spielen Sie das folgende Rollenspiel:
Mark sieht in der Boutique Jeans für 89,90 €, ein T-Shirt für 29,90 € sowie einen Pulli für 84,50 €. Gern würde er diese drei Kleidungsstücke kaufen. Allerdings hat Mark nur noch 200,00 € zur Verfügung, will aber nur 160,00 € ausgeben.
Mark geht mit den ausgewählten Kleidungsstücken zur Verkäuferin: „Diese Teile würde ich gerne haben, allerdings ..."

4.7 Probleme mit der Lieferung

Nicht-Rechtzeitig-Lieferung/Mangelhafte Lieferung

Katharina hat aus einem Katalog einen Motorradhelm, Handschuhe und eine Fahrerjacke bestellt. Heute ist die Lieferung mit dem Paketdienst angekommen. Mit dem beiliegenden Lieferschein überprüft Katharina den Inhalt des Pakets.

Roller-Shop · Herzogstraße 28 · 41464 Neuss

LIEFERSCHEIN

Nummer: 8366
Kd.-Nummer: 59-334
Datum: 17.04. ..

Frau

Katharina Huber
Niederwaldstr. 42
65183 Wiesbaden

Pos.	Art.Nr.	Bezeichnung	Menge
1	7650	Helm FM Byron Jet	1
2	7611	Handschuh Modeka 7	1
3	7692	Fahrerjacke Light	1

Bei Reklamationen beachten Sie bitte unsere Allgemeinen Geschäftsbedingungen.

Katharina stellt fest, dass die Jacke an einigen Stellen Farbfehler aufweist. Aufgrund des Hinweises auf dem Lieferschein schlägt Katharina die Allgemeinen Geschäftsbedingungen (AGB) im Katalog nach:

Gewährleistung
Wir haften im Rahmen der gesetzlichen Gewährleistung für Mängel an neuen Waren für die Dauer von zwei Jahren. Als Mängel im Sinne des vorstehenden Absatzes gelten Abweichungen an dem Verkaufsgegenstand, von der Bedienungsanleitung oder der darin beschriebenen Funktionsweise sowie Abweichungen vom herkömmlichen Gebrauch des Verkaufgegenstandes, soweit diese Abweichungen die Tauglichkeit des Kaufgegenstandes zum üblichen Gebrauch beeinträchtigen. Eine Haftung nach zwingenden gesetzlichen Bestimmungen bleibt hiervon unberührt. Liegt ein Mangel bei Übergabe der Kaufsache vor, ist der Kunde berechtigt, Nacherfüllung zu verlangen, d.h. nach seiner Wahl Mangelbeseitigung oder Lieferung einer mangelfreien Sache. Wir können die gewählte Art der Nacherfüllung verweigern, wenn sie nur mit unverhältnismäßigem Aufwand möglich ist. Hat der Kunde uns ohne Erfolg eine angemessene Frist zur Nacherfüllung gesetzt, ist er berechtigt, vom Vertrag zurückzutreten, Schadensersatz zu verlangen oder den Kaufpreis zu mindern. Haben wir bereits eine Teilleistung erbracht, kann der Kunde vom ganzen Vertrag nur zurücktreten oder Schadensersatz verlangen, wenn er an der Teilleistung kein Interesse mehr hat. Bei einem nur unerheblichen Mangel ist der Rücktritt ausgeschlossen.

Reklamation
Schicken Sie die Ware bitte ausreichend frankiert an den Versand zurück. Wichtig: Auch für die Bearbeitung von Reklamationen benötigen wir den Kaufbeleg. Reklamationsbearbeitungen bzw. Reparaturen können unsere Lieferanten nur an sauberen, nicht verschmutzten Artikeln vornehmen!

1. Markieren Sie in den AGB, welche Rechte Katharina als Käuferin hat.

2. Von welchem Recht sollte Katharina Gebrauch machen? Begründen Sie Ihre Meinung.

3. Überprüfen Sie, ob Katharina die Kosten für die Rücksendung übernehmen muss. Vergleichen Sie dazu die Antwort zu Frage 19 auf Seite 64.

4.8 Richtig reklamieren

Rechte des Käufers

Ihre Rechte als Käuferin oder Käufer: 20 Fragen – 20 Antworten

1 ? **Die Ware, die ich im Laden gekauft habe, gefällt mir nicht. Kann ich sie einfach umtauschen?**
Beim Kauf im Laden gilt der Grundsatz „Gekauft ist gekauft." Sie haben bei Nichtgefallen keinen Anspruch, die Ware umzutauschen. Das gleiche gilt auch, wenn z. B. der Pullover nicht passt. Viele Händler nehmen aber die Ware dennoch zurück (Kulanz), weil sie die Kunden nicht verlieren wollen.

2 ? **Gilt das auch für Bestellungen im Internet?**
Nein. Wenn Sie Ware online kaufen, gilt ein 14-tägiges Widerrufsrecht. Vorsicht! Das gilt nicht für alle Waren wie z. B. CDs, DVDs, Konzerttickets oder speziell für den Käufer angefertigte Ware.

3 ? **Muss ich den Widerruf begründen?**
Nein. Es reicht, wenn Sie den Onlinekauf widerrufen. Dies können Sie meistens mithilfe eines beiliegenden Rücksendeformulars machen, wenn Sie das Paket zurückschicken. Zwar bitten die Händler oft die Gründe für die Rücksendung anzugeben. Sie können dies tun, müssen es aber nicht.

4 ? **Wer trägt die Kosten für die Rücksendung bei Widerruf?**
Wenn nichts anderes vereinbart ist, muss der Käufer die Kosten für die Rücksendung der Ware übernehmen. Er kann aber vom Händler die „Hinsendekosten" zurückverlangen. Hat der Käufer jedoch eine teurere Versandart als die Standardlieferung gewählt (z. B. Expressversand), werden trotzdem nur die Kosten des Standardversands zurückerstattet.

5 ? **„Reduzierte Ware ist vom Umtausch ausgeschlossen." Stimmt das?**
Ja. Das gilt aber nicht, wenn die Ware Mängel hat. Dann gilt die gesetzliche Gewährleistung. Wenn die Ware als fehlerhaft ausgezeichnet wurde, besteht kein Umtauschrecht: „B-Ware", „Zweite Wahl", „Kleine Farbabweichung", ...

6 ? **„Gutschein statt Bargeld". Kann der Händler beim Umtausch so verfahren?**
Der Umtausch im Laden ist freiwillig. Deshalb kann der Händler selbst entscheiden, ob er den Betrag auszahlt oder einen Gutschein anbietet.

7 ? **„Umtausch nur mit Kassenzettel"?**
Bei freiwilligem Umtausch kann der Händler den Kassenbon verlangen. Anders ist es bei fehlerhafter Ware. Der Händler kann den Umtausch nicht von der Vorlage des Kassenzettels abhängig machen. Allerdings muss der Käufer dann den Kaufnachweis erbringen, z. B. durch Kreditkarten- oder Bankbelege. Ein Problem ist, dass Kassenbons oft verblassen. Wichtige Belege sollten Sie deshalb kopieren oder fotografieren.

8 ? **Was bedeutet „Gewährleistung"?**
Gewährleistung ist ein Recht des Käufers bei mangel- und fehlerhafter Ware. Er kann vom Händler Reparatur oder neue Ware einfordern.

9 ? **Wie lange gilt die Gewährleistung?**
Zwei Jahre ab Kauf. In den ersten sechs Monaten muss der Händler beweisen, dass der Fehler beim Kauf noch nicht vorhanden war. Danach muss der Käufer beweisen, dass der Fehler nicht durch ihn verursacht wurde (Beweislastumkehr).

10 ? **Was bedeutet „Garantie"?**
Garantie ist eine freiwillige Leistung des Herstellers, nicht des Händlers. Meist ist die Garantieleistung auf die Reparatur beschränkt.

11 ? **Kann ich zwischen Garantie und Gewährleistung wählen?**
Ja. Lassen Sie sich aber vom Händler nicht abwimmeln. Dieser ist während der zwei Jahre Ihr Ansprechpartner. Sie müssen sich nicht an den Hersteller wenden. Allerdings könnte es von Vorteil sein, nach sechs Monaten die Garantieleistung in Anspruch zu nehmen. Bei der Garantie entfällt die Beweislastumkehr.

Ihr Recht als Käuferin oder Käufer: 20 Fragen – 20 Antworten

12 **? Umtausch und Reklamation nur mit Originalverpackung?**

Bei einwandfreier Ware kann der Händler verlangen, dass die Originalverpackung dabei ist. Das gilt aber nicht bei mangelhafter Ware und Reklamation. Wenn Sie die Ware zurückgeben, sind Sie nur verpflichtet, diese sicher zu verpacken. Das gilt auch beim Onlineshopping.

13 **? Wie soll ich reklamieren?**

Wenden Sie sich an den Händler, nicht an den Hersteller. Zeigen Sie per Brief, Mail oder Telefon den Fehler oder Mangel an. Musterbriefe gibt es bei den Verbraucherzentralen. Wichtig ist, dass Sie den Mangel möglichst genau beschreiben. Sie können Reparatur oder neue Ware (Umtausch) verlangen. Sie sollten dem Händler auch eine Frist setzen. Angemessen sind ein bis vier Wochen.

14 **? Was ist, wenn der Händler auf meine Reklamation nicht reagiert?**

Sie sollten die Reklamation wiederholen, diesmal mit Einschreiben und Rückschein. Setzen Sie nochmals eine klare Frist und kündigen rechtliche Schritte an. Führt auch dies nicht zum Erfolg, sollten Sie sich an die Verbraucherzentrale oder einen Anwalt wenden.

15 **? Kann ich gleich Geld verlangen statt einer Reparatur?**

Nein. Als Käufer haben Sie zwar die Möglichkeit zwischen Umtausch (Ersatz) und Reparatur zu wählen. Der Händler darf – insbesondere bei teurer Ware – zuerst eine Nachbesserung versuchen, also Reparatur. Dies gilt allerdings nur, wenn die Reparatur für den Käufer „zumutbar“ ist.

16 **? Wie lange muss ich auf eine Reparatur warten?**

Setzen Sie dem Händler eine klare Frist von höchstens vier Wochen. Sollte diese Frist verstreichen, setzen Sie eine Nachfrist von zwei Wochen. Gleichzeitig drohen Sie den Rücktritt vom Vertrag an. Verstreicht auch diese Frist, fordern Sie den Händler auf, den Kaufpreis zurückzuzahlen. Sie sollten zur Beweissicherung Ihre Forderungen mit Einschreiben und Rückschein verschicken.

17 **? Was ist, wenn die Reparatur nicht funktioniert?**

Der Käufer hat in der Regel zwei Versuche, die Ware zu reparieren. Bleibt die Reparatur erfolglos, können Sie den Kaufpreis zurückverlangen.

18 **? Darf der Händler nach erfolgloser Reparatur den Kaufpreis nur teilweise erstatten?**

Ja. Für die Nutzung der Ware darf der Händler eine Nutzungsentschädigung verlangen. Sie erhalten also nur einen Teil des Kaufpreises erstattet.

19 **? Gilt dies auch bei Umtausch?**

Nein. Bei Ersatz der defekten Ware durch neue Ware kann der Händler keine Nutzungsentschädigung verlangen. So gesehen ist das Umtauschrecht für den Verbraucher immer günstiger.

20 **? Wer trägt die Kosten für die Reparatur?**

Der Händler. Er hat alle Kosten zu tragen, also die Kosten für Transport und Versand, für An- und Abfahrt sowie die Kosten für Arbeitszeit und Material. Die Reparatur ist also für den Käufer kostenlos.

Mängelrüge

So gehen Sie vor, wenn die Ware Mängel hat

Sie haben Rechte, wenn sich in der Gewährleistungsfrist Mängel an der Ware zeigen. Die Frist beträgt zwei Jahre, bei Gebrauchtware darf sie auf ein Jahr beschränkt werden. Es zählen aber nur Fehler, die schon beim Kauf vorlagen. Reklamieren Sie im ersten halben Jahr, muss der Händler beweisen, dass alles okay war. Später müssen Sie belegen, dass schon beim Kauf der Wurm drin war.

Die Ware ist mangelhaft, wenn sie von Anfang an kaputt ist. Auch bei zu wenig, zu viel oder falscher Ware gilt Gewährleistungsrecht. Selbst wenn die Ware heil, aber für den Vertragszweck ungeeignet ist, ist das ein Mangel. Beispiel: Sie wollen ausdrücklich einen Computer, auf dem bestimmte Programme laufen. Laufen sie nicht, ist der (heile) Rechner mangelhaft.

Sie können wählen, ob Sie Reparatur oder Umtausch verlangen. Die gewählte Alternative muss dem Händler aber zumutbar sein. Faustregel: Bei billiger Ware ist meist Umtausch angemessen, bei teurer Ware Reparatur.

Wenn der **Händler**erfolglos **repariert**, hat er einen zweiten Versuch. Spätestens dafür sollten Sie ihm schriftlich eine Frist setzen. Kosten für Mängelsuche, Transport oder Material darf der Händler Ihnen nicht berechnen.

Wenn Sie die **Lieferung neuer Ware**wählen, müssen Sie die alte zurückgeben. Der Händler darf Nutzungsersatz verlangen, der sich an der Wertminderung orientiert. Bei Autos ist die exakte Kilometerleistung zu berücksichtigen.

Scheitert die Reparatur und gibt es keinen Umtausch, obwohl Sie eine Frist gesetzt haben, oder mauert der Händler von Anfang an, können Sie **einen Teil des Kaufpreises zurückverlangen**. Hier ist Verhandlungsgeschick gefragt. Feste Minderungssätze gibt es nicht.

Oder

Bei Mängeln, die keine Lappalien sind, können Sie alternativ auch **vom Vertrag zurücktreten** (Geld zurück), wenn der Händler Umtausch oder Reparatur verweigert, die Reparaturen floppen oder der Händler die gesetzliche Nachbesserungsfrist verstreichen lässt.

Zusätzlich

Schäden, die der Händler verschuldet, muss er **ersetzen**, so etwa Reinigungskosten, wenn eine Waschmaschine wegen schlechter Reparatur ausläuft. Als Schaden gelten aber zum Beispiel auch Gutachterkosten, wenn Käufer die Mängel der Ware erst beweisen müssen.

1. Erläutern Sie den Unterschied zwischen Gewährleistung und Garantie.

____

____

2. Spielen Sie das folgende Rollenspiel:

Mark (vgl. Aufgabe 2, S. 61) hat für die Jeans, den Pulli und das T-Shirt Rabatt aushandeln können. Statt 204,30 € hat er nur 170,00 € bezahlt. Zu Hause stellt er allerdings fest, dass der Pulli, der als Sonderangebot ausgewiesen war, auf dem Rücken größere Webfehler aufweist. Er will von seinen Rechten als Käufer bei mangelhafter Ware Gebrauch machen. Deshalb geht er mit der Ware zurück in die Boutique und erläutert der Verkäuferin den Sachverhalt. Die Verkäuferin erklärt ihm, dass Sonderangebote vom Umtausch ausgeschlossen sind, und deutet auf die Hinweistafeln.

4.9 Onlineshopping

Fernabsatzgeschäft

Als Käuferin oder Käufer sollte man beim Einkaufen im Internet auf folgende „10 Gebote“ achten:

1. Der Anbieter identifiziert sich eindeutig mit Namen und Anschrift.
2. Die Vertragsbedingungen (AGB) müssen leicht zugänglich, lesbar und speicherbar sein.
3. Der Zeitpunkt des Vertragsabschlusses ist eindeutig erkennbar.
4. Die Ware bzw. Dienstleistung wird genau beschrieben.
5. Der Preis der Ware (einschließlich Steuern und Zusatzkosten) ist angegeben.
6. Die Liefer- und Versandkosten sind klar aufgeführt.
7. Die Zahlungsmöglichkeiten werden genau beschrieben.
8. Ein Rücktritts- bzw. Widerrufsrecht wird ausdrücklich eingeräumt.
9. Die Lieferzeit ist exakt angegeben.
10. Der Anbieter verpflichtet sich, keine Kundendaten weiterzugeben.

■ Notieren Sie wichtige Rechte beim Onlineshopping. Hilfe finden Sie auf der Seite 63 oder Seite 64.

a) Wie lange hat der Käufer ein Widerrufsrecht? Kreuzen Sie an.

☐ **7 Tage** ☐ **14 Tage** ☐ **30 Tage**

b) Aus welchen Gründen kann der Käufer vom Kauf zurücktreten?

____

c) Sie haben die Verpackung geöffnet und die Ware ausprobiert. Ist bei Rücksendung eine Entschädigung zu zahlen?

☐ **ja** ☐ **Nur ab 40,00 €** ☐ **nein**

d) Für welche Produkte gibt es beim Onlineshopping kein Widerspruchsrecht?

☐ **Entsiegelte Software** ☐ **Südfrüchte** ☐ **Hotelbuchung** ☐ **Maßgefertigte Kleidung**

Eine der bekanntesten Auktionsplattformen ist eBay. Diese Plattform ist ein elektronischer Marktplatz, auf dem sich Käufer und Verkäufer treffen. EBay ist jedoch nicht an dem zwischen Käufer und Verkäufer abgeschlossenen Kaufvertrag beteiligt und übernimmt deshalb auch keine Haftung. Kommt bei der Auktion ein Kaufvertrag zwischen einem Unternehmen und einer Privatperson zustande, gelten die gesetzlichen Gewährleistungspflichten. Privatpersonen können die Gewährleistung ausschließen.

Ausführliche Informationen zum Kaufen bei eBay: http://pages.ebay.de/rechtsportal/kaeufer.html.

4.10 Mieten, pachten, leasen

Wichtige Vertragsarten

1. Listen Sie auf,
a) welche Vertragspartner gesucht werden,
b) um welche Verträge es sich handelt.

Vertragspartner 1	Vertragspartner 2	Vertragsart

2. Entscheiden Sie, ob die folgenden Sachen gemietet, gepachtet oder geleast werden.

Miete	Pacht	Leasing	
☐	☐	☐	**Ferienhaus am Meer für den Jahresurlaub**
☐	☐	☐	**Segelboot für einen Segeltörn im Urlaub**
☐	☐	☐	**Dienstwagen für den Geschäftsführer**
☐	☐	☐	**Schrebergarten für den Gemüseanbau**
☐	☐	☐	**EDV-Anlage einer Druckerei**

5 Eintritt in die Berufswelt

5.1 Erwachsen werden – Verantwortung tragen

Rechte und Pflichten

Erwachsen wird man nicht über Nacht. In Stufen werden den Minderjährigen Schritt für Schritt Rechte und Pflichten übertragen.

1. Lösen Sie die folgenden Fälle. Entscheiden und begründen Sie.

1. Britta (15) will sich vom Religionsunterricht abmelden. Ihre Eltern sind dagegen.
2. Michael (16) hat den Führerschein Kl. A1 gemacht und möchte sich ein Moped auf Raten kaufen.
3. Yildiz (17) und Alex (20) wollen heiraten.
4. Martje (15) will an einer Demonstration teilnehmen.
5. Andreas (13) hat einen Ladendiebstahl begangen. Kann Andreas verurteilt werden?

Rechte und Pflichten	Alter
• volle Strafmündigkeit • Führerschein (D1E, D1, A, C, CE)	21
• Volljährigkeit • volle Geschäftsfähigkeit • volle Deliktsfähigkeit • Strafmündigkeit als Heranwachsender • Ehemündigkeit • Wahlrecht (Bundestagswahl) • Führerschein (BE, B, C1, C1E)	18
• Führerschein „Begleitetes Fahren“ (B, BE, BF17)	17
• Ausweispflicht • beschränkte Ehemündigkeit • Führerschein (AM, A1, T, L) • Eidesfähigkeit	16
• Strafmündigkeit • Religionsmündigkeit	14
• beschränkte Geschäftsfähigkeit • beschränkte Deliktsfähigkeit	7
• Schulpflicht	6
• Grundrechte • Rechtsfähigkeit • Erbfähigkeit	0

2. Informieren Sie sich über die gesetzlichen Grundlagen der wichtigsten Rechtsbegriffe, z. B. unter www.justiz.nrw.de/BS/recht_a_z/index.php.

5.2 Berufsausbildung als Investition in die Zukunft

Berufsausbildung

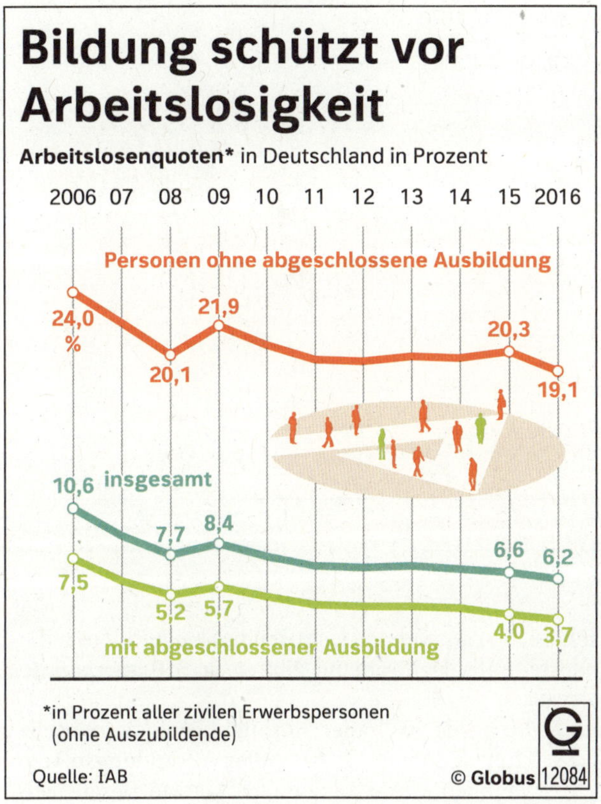

Blick in die Arbeitslosendatei

Jung, gesund und gut ausgebildet – diese Mischung ist ein großer Pluspunkt auf dem Arbeitsmarkt. Damit lässt sich der Verlust des Arbeitsplatzes vermeiden oder aber die Zeit der Arbeitslosigkeit verkürzen. Allerdings verfügen längst nicht alle Erwerbslosen über eine derart günstige Kombination von Eigenschaften. Die „Problem-Arbeitslosen" – also jene, die nur schwer vermittelt werden können – sind im Vergleich zu den problemlosen Fällen in der Überzahl. Sie haben entweder keinen Berufsabschluss, sind gesundheitlich angeschlagen oder gehören zu den Älteren. Und nicht wenige der Arbeitslosen sind bei der Suche nach einem neuen Arbeitsplatz gleich durch mehrere dieser Erschwernisse benachteiligt.

1. Wer sind die „Problem-Arbeitslosen"?

____

____

2. Wie lässt sich das Problem, arbeitslos zu werden, am besten vermindern?

____

____

3. „Einen Beruf ausüben ist mehr als Jobben, um Geld zu verdienen." Nennen Sie weitere Gründe, eine berufliche Ausbildung zu absolvieren, indem Sie die Sätze vervollständigen.

Ich mache eine betriebliche Ausbildung, weil ______________________________

Ich freue mich auf die Berufsausbildung, weil ______________________________

Lehrjahre sind keine Herrenjahre, aber ______________________________

Ausbildung und Beruf sind mit viel Stress verbunden, aber ______________________________

Das Wichtigste an einem Beruf ist, dass ______________________________

5.3 Schritt für Schritt zum Ausbildungsplatz

Berufswahl

Artikel 12 Grundgesetz
Alle Deutschen haben das Recht, Beruf, Arbeitsplatz und Ausbildungsstätte frei zu wählen.

1. Vergleichen Sie den Artikel mit der Karikatur. Welches Problem wird deutlich?

____

____

____

2. Welche anderen Hürden lassen den Traumberuf oft in die Ferne rücken?

____

____

Auch beim Beruf werden Träume selten wahr. Entweder fehlen die notwendigen Ausbildungsplätze oder die erforderlichen Fähigkeiten sind nicht vorhanden. In der Bundesrepublik Deutschland gibt es ca. 350 anerkannte Ausbildungsberufe.

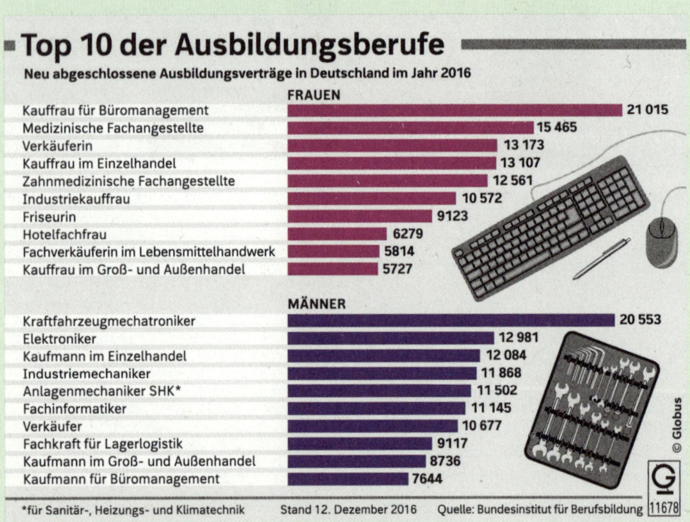

Mehr als 50 % aller Ausbildungsplätze männlicher und mehr als 70 % aller Ausbildungsplätze weiblicher Auszubildender konzentrieren sich auf nur 20 Ausbildungsberufe.

Auch wenn heute davon ausgegangen werden kann, dass eine Berufsentscheidung nicht mehr für das ganze Leben gültig sein muss, werden mit der Entscheidung für eine Ausbildung wichtige Grundlagen für den weiteren Lebensweg gelegt.

Dabei sollte man in seine Überlegungen neben den aktuellen persönlichen Neigungen, Interessen und Fähigkeiten auch die späteren beruflichen Anforderungen und, soweit möglich, die künftigen Berufsaussichten mit einbeziehen. Der Weg zum Ausbildungsberuf sollte Schritt für Schritt in Angriff genommen werden.

3. Bringen Sie die folgenden Schritte zum Ausbildungsberuf in die richtige Reihenfolge, indem Sie diese entsprechend nummerieren.

Schritt	Aktionen
	Einen Praktikumsplatz finden
	Interessen herausfinden und passende Berufe zuordnen
	Richtig bewerben
	Einen passenden Beruf erkunden
	Eignungstests und Vorstellungsgespräche absolvieren
	Ausbildungsbetriebe ausfindig machen

Link mit interessanten Informationen zu Ausbildung und Beruf: www.planet-beruf.de.

5.4 Ausbildung in Betrieb und Schule

Duales System

Das duale System der Berufsausbildung

Die meisten Jugendlichen in Deutschland – rund 70 % eines Jahrgangs – erlernen nach Beendigung der Schule einen staatlich anerkannten Ausbildungsberuf im sogenannten dualen System. Dual heißt, dass die Ausbildung an zwei verschiedenen Lernorten erfolgt: im Betrieb oder speziellen Ausbildungswerkstätten und in der Berufsschule. Die Stärke dieses Systems liegt in der Kombination von Theorie und Praxis.

In den Betrieben können die Auszubildenden ihren Beruf praxisnah erfahren und erlernen. Die Ausbildung erfolgt in größeren Unternehmen in eigenen Lehrwerkstätten und am Arbeitsplatz. Die Auszubildenden in kleineren Betrieben werden direkt am Arbeitsplatz ausgebildet. Sind die Betriebe zu sehr spezialisiert, um alle notwendigen Kenntnisse vermitteln zu können, werden sie von überbetrieblichen Berufsbildungsstätten unterstützt. Außerdem können Ausbildungsabschnitte von anderen Betrieben übernommen werden. Gelernt wird an drei bis vier Wochentagen im Betrieb und an ein bis zwei Tagen in der Berufsschule.

Aufgabe des Berufsschulunterrichts ist es, die betriebliche Ausbildung fachtheoretisch zu fördern und zu ergänzen sowie die Allgemeinbildung zu erweitern. Die Ausbildungsberufe im dualen System werden in enger Zusammenarbeit von Bund, Ländern und den Sozialpartnern festgelegt. Die Inhalte der Ausbildung orientieren sich an den Anforderungen des Arbeitsmarkts und sichern durch eine umfassende fachtheoretische Qualifizierung die berufliche Mobilität der Jugendlichen.

Je nach Beruf dauert die Ausbildung zwei bis dreieinhalb Jahre. Der Ausbildungsbetrieb zahlt den Auszubildenden eine Vergütung. Finanziert wird das duale System von den Betrieben (Ausbildungsvergütung) und vom Staat (Kosten für die Berufsschule).

Für jeden Ausbildungsberuf gibt es eine Ausbildungsordnung, die vom Bund, den Ländern, Arbeitgebern und Gewerkschaften gemeinsam entwickelt wird. Die Ausbildungsordnungen werden von den zuständigen Bundesministerien erlassen. In ihnen sind für jeden staatlich anerkannten Ausbildungsberuf festgelegt:
- das Berufsbild: Kenntnisse und Fertigkeiten,
- der Ausbildungsrahmenplan: sachlicher und inhaltlicher Ablauf,
- die Prüfung: Fächer und Anforderungen für die Zwischen- und Abschlussprüfung.

1. Markieren Sie im Text wichtige Schlüsselbegriffe.

2. Warum wird das Berufsausbildungssystem als „dual" bezeichnet?

---

3. „Erraten" Sie die Ausbildungsberufe, die sich hinter den Umschreibungen verbergen.
Die umrandeten Felder ergeben von oben nach unten gelesen eine wichtige Informationsschrift der Agentur für Arbeit für Ihre Berufswahl.

a) Sie versorgt die Bücherwürmer.
b) Er redet nicht nur Blech.
c) Sie sorgt für den vollen Durchblick.
d) Sie schneidet alte Zöpfe ab.
e) Sie setzt auf Pferde.
f) Er bringt Farbe ins Leben.
g) Die Liebe geht ihr durch den Magen.
h) Er sorgt für Spannung.
i) Sie gibt gern etwas her.
j) Er baut nicht auf Sand.
k) Sie lässt Blumen sprechen.
l) Er hat das Brett nicht vorm Kopf.

	B				B						I	
			K				P					
G	L											
						R						
	I			P							I	
				M								
						Ö						
	E		E									
V			K			F						
	M			R								
				F		O						
T	I											

5.5 Berufe auf einen Blick

Berufsbild

Judith interessiert sich für die Ausbildung als Mechatronikerin. Sie informiert sich am BIZ sowie über Internetseiten über das Berufsbild:

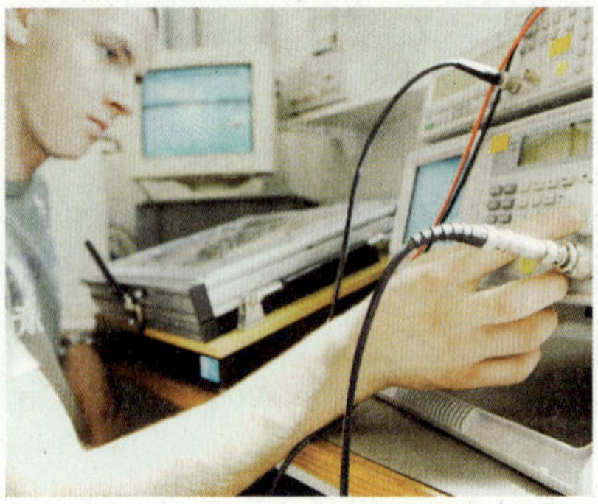

Beruf:	**Mechatroniker/-in**
Berufsgruppe:	**4** Elektrotechnik
Ausbildungsdauer:	**3.5 Jahre**
Ausbildungsbereich:	**Industrie**
Bildungsweg:	Duale Berufsausbildung
Zusätzliche Berufsinfos:	**Vgl. Text**

Anforderungsprofil	wenig — viel
Kunden beraten und betreuen	□□□
Mit Technik umgehen	□□□□□□□□□□□□
Mit EDV-Systemen umgehen	□□□□□□
Arbeit selbstständig organisieren	□□□□□□□□
Arbeitsabläufe kreativ gestalten	□□
Wirtschaftlich denken und handeln	□□□□□□
Fremdsprachen anwenden	□□□□
Im Team arbeiten	□□□□□□

Kernaufgabe:
Elektrische, mechanische, pneumatische und hydraulische Komponenten zusammenbauen, diese Anlagen und Geräte installieren, in Betrieb nehmen und instand halten.

Mechatroniker/Mechatronikerinnen arbeiten in der Montage und Instandhaltung von komplexen Maschinen, Anlagen und Systemen im Anlagen- und Maschinenbau bzw. bei den Abnehmern und Betreibern dieser Systeme.

Sie üben ihre Tätigkeiten an unterschiedlichen Einsatzorten, vornehmlich auf Montagebaustellen, in Werkstätten oder im Servicebereich unter Beachtung der einschlägigen Vorschriften und Sicherheitsbestimmungen selbstständig nach Unterlagen und Anweisungen aus. Dabei arbeiten sie häufig im Team. Sie stimmen ihre Arbeit mit vor- und nachgelagerten Bereichen ab.

Mechatroniker/Mechatronikerinnen sind im Sinne der Unfallverhütungsvorschriften Elektrofachkräfte.

Quelle: Bundesinstitut für Berufsbildung (BIBB): Mechatroniker/Mechatronikerinnen. In: www.bibb.de/de/ausbildungsprofil_2262.htm [25.02.2013].

Mechatroniker/-innen haben u. a. folgende Aufgaben:

- Arbeitsaufgaben planen und vorbereiten, technische Unterlagen lesen
- Bauteile herstellen, mechatronische Systeme installieren bzw. umrüsten
- mechanische, pneumatische, hydraulische, elektrische, elektronische und informationstechnische Systeme und Komponenten zu funktionsgerechten Einheiten zusammenbauen
- Metalle bearbeiten und verbinden
- elektrotechnische/elektronische Bauteile verdrahten und verbinden, Kabel zurichten und verlegen
- Antriebssysteme, Sensoren, Aktoren und Wandler einbauen
- Schalt- und Bedieneinrichtungen, Verkleidungen und Schutzeinrichtungen montieren
- mechatronische Mess-, Steuerungs-, Regelungs- und Überwachungseinrichtungen aufbauen und programmieren, Sollwerte einstellen
- elektrische Kenndaten, z. B. Spannung, Strom, Widerstand, analoge und digitale Signale, messen
- Netzwerke und Bus-Systeme aufbauen und Schnittstellensignale prüfen

Quelle: Bundesagentur für Arbeit. Mechatroniker/innen. In: http://berufenet.arbeitsagentur.de/berufe/berufId.do?_pgnt_act=goToAnyPage&_pgnt_pn=0&_pgnt_id=resultShort&status=T01 [03.05.2013].

■ **Erstellen Sie ein ähnliches Berufsbild für Ihren Wunschberuf.**

5.6 Worauf Ausbildungsbetriebe Wert legen

Anforderungen

Worauf achten Chefs?

Ausbildungsleiter einer Bank:
„Hätte jemand eine extreme Frisur, würde ich ihn darauf aufmerksam machen, dass der Haarschnitt geändert werden muss, auch Ohrringe bei Jungen sind problematisch. Wir suchen Leute, die ein verkäuferisches Geschick haben."

Ausbildungsleiter für Krankenpflege:
„Sie können gefärbte Haare haben und alte Jeans tragen, Hauptsache, Sie sind hygienebewusst und riechen nicht. Man darf nicht egoistisch sein."

1. Worauf achten die Chefs? Welche Erfahrungen haben Sie gemacht?

____

____

____

2. Wie sind die gegensätzlichen Auffassungen der Ausbildungsleiter zu erklären?

____

____

____

In Deutschland gibt es rund 350 Ausbildungsberufe und mit ihnen eine breite Variation von Inhalten und Anforderungen. Bei aller Verschiedenheit und fachlichen Differenzierungen setzen sie jedoch dieselben Kompetenzen voraus. Diese sind im Wesentlichen:

- **Fachliche Kompetenzen**
  - Die deutsche Sprache beherrschen
  - Einfache Rechentechniken
  - Naturwissenschaftliche Kenntnisse
  - Wirtschaftliche Zusammenhänge
  - Die englische Sprache
  - Digitale Kompetenz
- **Soziale Kompetenzen**
  - Politik und Kultur
  - Frustrationstoleranz und Belastbarkeit
  - Qualitätsbewusstsein
  - Kreativität und Flexibilität
- **Persönliche Kompetenzen**
  - Teamfähigkeit und Zuverlässigkeit
  - Konflikt- und Kritikfähigkeit
  - Höflichkeit und Freundlichkeit
  - Toleranz

Quelle: IHK NRW - Die Industrie- und Handelskammern in Nordrhein-Westfalen e. V.: „Was erwartet die Wirtschaft von den Schulabgängern?". In: www.bildung.koeln.de/materialbibliothek/download/08_ihk_nrw_-_was_erwartet_die_wirtschaft%5b...%5d.pdf?idx=fc2a7c1e77095b5abed6ae03f0c27560&PHPSESSID=30b60583478eb1ba8862035c00f32574 [24.10.2018]. (verändert)

3. Erläutern Sie, was unter den folgenden Kompetenzen zu verstehen ist.

a) Digitale Kompetenz

____

____

b) Frustrationstoleranz und Belastbarkeit

____

c) Teamfähigkeit und Zuverlässigkeit

____

____

Persönliche Eigenschaften

Die Ausbildungsbetriebe erwarten von den Auszubildenden insbesondere folgende persönliche Eigenschaften:

- Lernbereitschaft
- Sorgfalt/Korrektheit
- Durchhaltevermögen
- Toleranz/Rücksichtnahme
- Konzentrationsfähigkeit
- Verantwortungsbewusstsein
- Leistungsbereitschaft
- Kritikfähigkeit
- Teamfähigkeit
- Umgangsformen
- Zuverlässigkeit

1. Führen Sie in Ihrer Lerngruppe eine Punktabfrage zu persönlichen Eigenschaften durch. Dazu haben Sie insgesamt zehn Punkte zur Verfügung; es dürfen bis zu zwei Punkte vergeben werden.

2. Erstellen Sie ein Ranking, indem Sie Ihre Ergebnisse in die linken Kreise übertragen.

3. Vergleichen Sie Ihr Ranking mit dem der Ausbildungsbetriebe nach einer Umfrage des Instituts der deutschen Wirtschaft (www.bwhw.de/assets/downloads/Leitfad-Unter-Layout2.pdf). Übertragen Sie die Umfrageergebnisse in die rechten Kreise.

4. Diskutieren Sie über die Unterschiede und Gemeinsamkeiten.

Neue Technologien, neue Arbeitsorganisationen und neue Märkte verlangen nach neuen Qualifikationen. Das einmal erworbene Wissen veraltet. Das Tempo dieser Entwicklung nimmt zu. Nur wer in der Lage ist, sich ständig auf die beruflichen Neuerungen einzustellen, und bereit ist, **lebenslang zu lernen**, wird seine Erwerbstätigkeit auf Dauer absichern können. Solche Fähigkeiten werden **Schlüsselqualifikationen** genannt. Sie sind die Grundlage für jeden Beruf.

Ziel der Berufsausbildung ist eine umfassende berufliche **Handlungskompetenz**. Die Auszubildenden sollen dazu befähigt werden, berufliche Handlungssituationen selbstständig zu bewältigen.

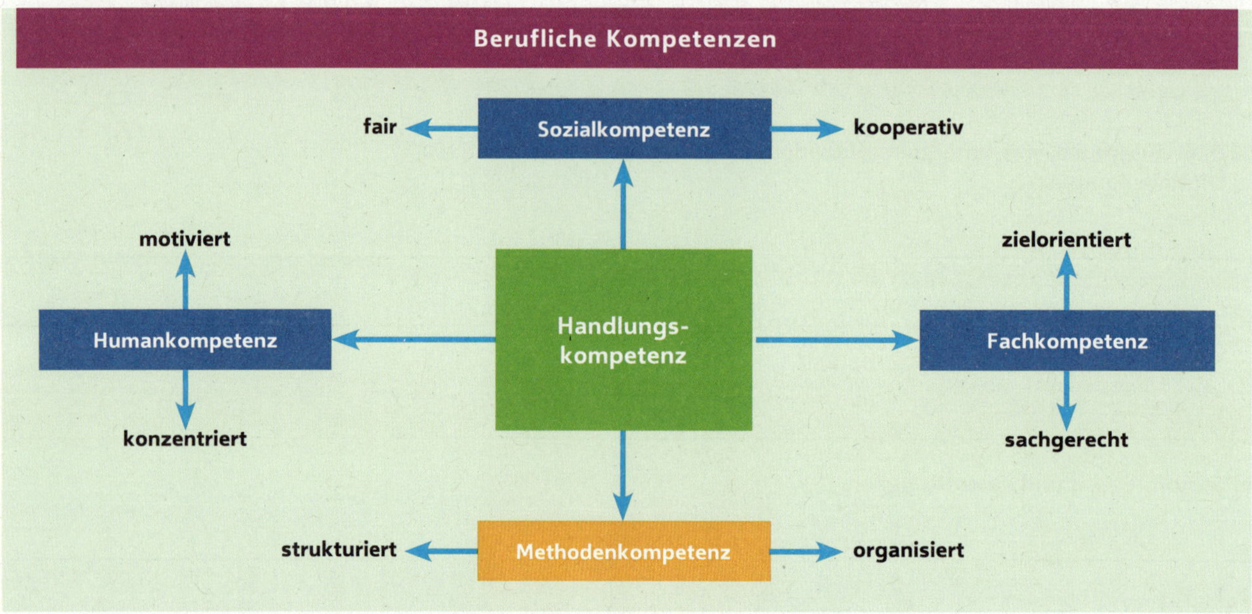

5. Erläutern Sie an Beispielen die verschiedenen beruflichen Kompetenzen.

5.7 Einen Betrieb erkunden

Betriebserkundung

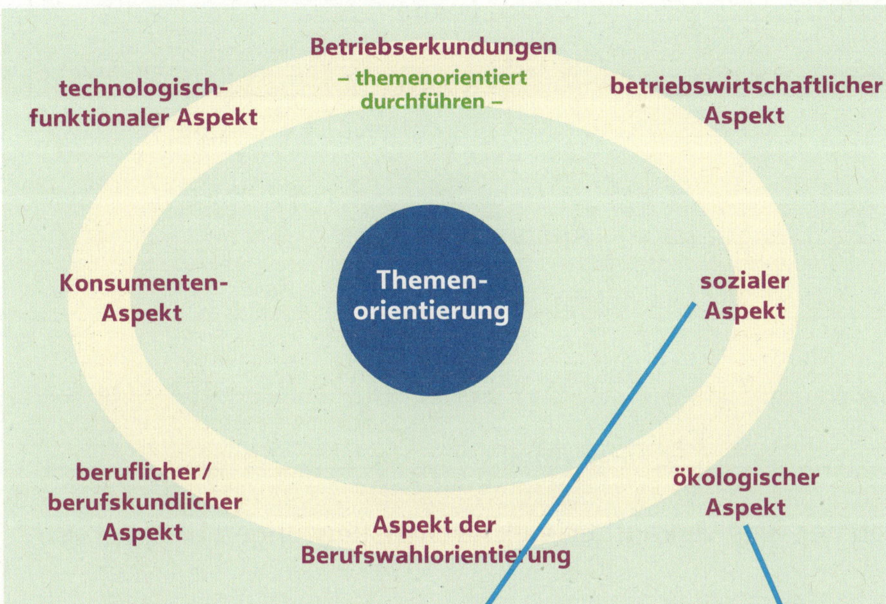

Die Betriebserkundung ermöglicht es, einen Einblick in den betrieblichen Alltag und Arbeitsablauf zu gewinnen.

Betriebserkundungenlassen sich unter verschiedenen Aspekten durchführen. Sicherlich stehen bei der Erkundung von Ausbildungsberufen und Ausbildungsstätten die Berufswahlorientierung und der berufskundliche Aspekt im Vordergrund.

Sozialer Aspekt

- Arbeitsbedingungen
- Leistungsbewertung und Entlohnungsformen
- Qualifikationsanforderungen
- Teamarbeit/Arbeitsgruppen
- Arbeitszeitentwicklung
- Sozialleistungen
- Interessenvertretung

Ökologischer Aspekt

- Umweltbelastung
- Energiebedarf
- umweltgerechter Umgang mit Arbeits- und Werkstoffen
- umweltschonende Produktionsverfahren
- Umweltfreundlichkeit der Produkte
- Entsorgungs- bzw. Rücknahmeverfahren, z. B. Recycling
- Prüfungsverfahren
- Kosten des Umweltschutzes

Bereiten Sie eine Betriebserkundung vor, indem Sie sich auch mit den anderen Aspekten auseinandersetzen. Notieren Sie die wichtigsten betriebswirtschaftlichen Aspekte, die Sie bei Ihrer Erkundung beobachten wollen.

Betriebswirtschaftlicher Aspekt

- Ziel und Zweck des Betriebs
- ______________________
- ______________________
- ______________________
- ______________________
- ______________________

Betriebserkundungsbogen

Schule: ______________________

BETRIEBSERKUNDUNGSBOGEN

Name: ______________________

Klasse: ______________________

Betrieb: ______________________

Ansprechpartner:

Straße: ______________________

Tel.: ______________________

Ort: ______________________

Fax: ______________________

Webseite: ______________________

E-Mail: ______________________

1. Was stellt der Betrieb her, was verkauft er, welche Dienstleistungen bietet er an?

   ____

2. a) Wie viele Beschäftigte hat der Betrieb? ______________________

   b) Wie viele Auszubildende lernen im Betrieb? ______________________

3. An wen liefert/verkauft der Betrieb? Wer nimmt seine Dienstleistungen in Anspruch?

   ____

4. Welche Berufe gibt es im Betrieb?

   ____

5. In welchen Berufen bildet der Betrieb aus?

Beruf	Ausbildungsdauer	Voraussetzungen

6. Hat der Betrieb bereits Schüler/-innen aus dem Berufsvorbereitungsjahr/Berufsgrundbildungsjahr/der Berufsfachschule eingestellt?

   ☐ ja, mit welchen Erfahrungen?

   ☐ nein

Erkundungen am Arbeitsplatz

1. Welche Tätigkeit/welchen Beruf üben Sie aus?

____

2. Woran arbeiten Sie gerade?

____

3. Welche Arbeit machen Sie sonst noch?

____

4. Welche besonderen Fähigkeiten sind für Ihre Tätigkeit notwendig?

____

5. Was macht Ihnen bei Ihrer Arbeit am meisten Spaß?

____

6. Was gefällt Ihnen an Ihrer Arbeit nicht so gut?

____

7. a) Wie viele Stunden arbeiten Sie am Tag? ____________

   b) Wie viele Stunden arbeiten Sie in der Woche? ____________

8. Wie werden Sie entlohnt?

   ☐ Stundenlohn ☐ Monatslohn ☐ Akkordlohn

9. Arbeitsplatzcheckliste

☐ Tätigkeit im Freien	☐ Gruppenarbeit
☐ Tätigkeit in der Halle	☐ Fließband
☐ Tätigkeit im Büro	☐ Lärm
☐ Tätigkeit im Laden	☐ Hektik
☐ stehende Tätigkeit	☐ Hitze
☐ sitzende Tätigkeit	☐ Staub, Schmutz
☐ Einzelarbeit	☐ körperlich anstrengend

5.8 Einen Ausbildungsvertrag abschließen

Ausbildungsvertrag

IHK Pfalz

Berufsausbildungsvertrag

(§§ 10, 11 Berufsbildungsgesetz – BBiG)

Zwischen dem/der Ausbildenden (Ausbildungsbetrieb)
Öffentlicher Dienst ☐

KNR	IHK-Firmenident-Nr.	Tel.-Nr.
221	234-55	06343-12349

Anschrift des/der Ausbildenden (Ausbildungsbetrieb)
Lughaus Holz GmbH

Straße, Haus-Nr.: Dresdner Straße 125
PLZ: 76887 – Ort: Bad Bergzabern
E-Mail-Adresse des/der Ausbildenden (Angabe freiwillig): Info@Lughaus.de
Verantwortliche/r Ausbilder/in: Sven Deutschhof – Geburtsjahr: 1991

und dem/der Auszubildenden **männlich** ☐ **weiblich** ☒
Berufsausbildung im Rahmen eines dualen Studiums ☐

Name: Patenge – Vorname: Alice
Straße, Haus-Nr.: Saarstraße 29
PLZ: 76887 – Ort: Bad Bergzabern
Geburtsdatum: 14.01.2002 – Staatsangehörigkeit: deutsch
E-Mail-Adresse (Angabe freiwillig): alice.p@web.de – Mobil-/Tel.-Nr. (Angabe freiwillig): 01511 1234567
Gesetzlicher Vertreter[1)]: Eltern
Namen, Vornamen der gesetzlichen Vertreter: Patenge, Michael und Patenge, Gabriele
Straße, Haus-Nr.: Saarstraße 29
PLZ: 76776 – Ort: Bad Bergzabern

wird nachstehender Vertrag zur Ausbildung im Ausbildungsberuf Parkettindustrie

mit der Fachrichtung / dem Schwerpunkt / der Wahlqualifikation / dem/den Wahlbaustein/en etc. nach **Maßgabe der Ausbildungsordnung[2)] geschlossen.** Holzmechanikerin

Änderungen des wesentlichen Vertragsinhaltes sind vom/von der Ausbildenden unverzüglich zur Eintragung in das Verzeichnis der Berufsausbildungsverhältnisse bei der Industrie- und Handelskammer anzuzeigen.

Die beigefügten Angaben zur sachlichen und zeitlichen Gliederung des Ausbildungsablaufs (Ausbildungsplan) sowie die umseitigen Regelungen sind Bestandteil dieses Vertrages.

A Die Ausbildungszeit beträgt nach der Ausbildungsordnung 36 Monate.
☐ Es wird eine Verkürzung der Ausbildungszeit um ___ Monate beantragt
Verkürzungsgrund:

Das Berufsausbildungsverhältnis beginnt am 01.08.2019 und endet am 31.07.2022.

B Die Probezeit (Nr. 1.2) beträgt 4,0 Monate.[3)]

C Die Ausbildung findet statt in [Name/Anschrift der Ausbildungsstätte(n)]
Lughaus Holz GmbH
und den mit dem Betriebssitz für die Ausbildung üblicherweise zusammenhängenden Bau-, Montage- und sonstigen Arbeitsstellen statt.

D Ausbildungsmaßnahmen außerhalb der Ausbildungsstätte(n) sind für den folgenden Zeitraum in der/den folgenden Ausbildungsstätte(n) vorgesehen (hierzu zählen auch Auslandsaufenthalte) (Nr. 3.12):
4 Wochen

E Der/Die Ausbildende zahlt dem/der Auszubildenden eine angemessene Vergütung (Nr. 5); diese beträgt zurzeit monatlich brutto

€	€ 727,00	€ 773,00	€830	
im	ersten	zweiten	dritten	vierten

Ausbildungsjahr.

F Die regelmäßige Ausbildungszeit in Stunden beträgt
täglich[4)] 8,0 und wöchentlich 40,0.
Teilzeitausbildung wird beantragt (Nr. 6.2): ja ☐ nein ☒

G Es besteht ein Urlaubsanspruch

im Kalenderjahr	2019	2020	2021	2022	
Werktage	12,0	25,0	24,0	14,0	
Arbeitstage					

H Der Ausbildungsnachweis wird wie folgt geführt:
schriftlich ☒ elektronisch ☐

I Hinweise auf anzuwendende Tarifverträge und Betriebsvereinbarungen; sonstige Vereinbarungen (Nr. 11):

J Die umseitigen Bestimmungen sind Gegenstand dieses Vertrages und werden anerkannt.

Ort, Datum: Bad Bergzabern, 15.03.2019

Der/Die Ausbildende:
Michael Lughaus
Stempel und Unterschrift

Der/Die Auszubildende:
Alice Patenge
Vor- und Familienname

Der/Die gesetzlichen Vertreter/in des/der Auszubildenden:
M. Patenge G. Patenge
Vater und Mutter/Vormund

1) Vertretungsberechtigt sind beide Eltern gemeinsam, sowie nicht die Vertretungsberechtigung nur einem Elternteil zusteht. Ist ein Vormund bestellt, so bedarf dieser zum Abschluss des Ausbildungsvertrages der Genehmigung des Vormundschaftsgerichtes.
2) Solange die Ausbildungsordnung nicht erlassen ist, sind gem. § 104 Abs. 1 BBiG die bisherigen Ordnungsmittel anzuwenden.
3) Die Probezeit muss mindestens einen Monat und darf höchstens vier Monate betragen.
4) Das Jugendarbeitsschutzgesetz sowie für das Ausbildungsverhältnis geltende tarifvertragliche Regelungen und Betriebsvereinbarungen sind zu beachten.

Quelle: IHK Pfalz

2. Blatt = Ausfertigung für den Ausbildungsbetrieb, Seite 1 von 2

Im Ausbildungsvertrag treffen die Vertragspartner wichtige Vereinbarungen. Finden Sie mithilfe des abgebildeten Berufsausbildungsvertrags die wesentlichen Inhalte heraus. Beantworten Sie dazu die folgenden Fragen.

1. **Was ist die gesetzliche Grundlage des Berufsausbildungsvertrags?**

___

2. **Die Vertragspartner hießen früher Lehrling und Lehrherr. Wie werden sie heute genannt?**

___

3. **Wie lange dauert die Ausbildung?**

___

4. **Wie lange dauert die Probezeit?**

___

5. **Was bedeutet die Vereinbarung unter Punkt D?**

___

6. **Was wird unter Punkt E vereinbart?**

___

7. **Wie lange ist die tägliche Ausbildungszeit?**

___

8. **Was wird unter Punkt G vereinbart?**

___

9. **Wer hat den Vertrag unterschrieben?**

___

10. **Wann müssen die Eltern eines Auszubildenden den Vertrag mit unterschreiben?**

___

Auszüge aus dem Berufsbildungsgesetz (BBiG)

§ Der Ausbildende hat unverzüglich nach Abschluss des Berufsausbildungsvertrages, spätestens vor Beginn der Berufsausbildung, den wesentlichen Inhalt des Vertrages schriftlich niederzulegen.

§ Nach der Probezeit kann das Berufsausbildungsverhältnis nur gekündigt werden
1. aus einem wichtigen Grund ohne Einhaltung einer Kündigungsfrist,
2. vom Auszubildenden mit einer Kündigungsfrist von vier Wochen, ...

Die Kündigung muss schriftlich ... erfolgen.

§ Während der Probezeit kann das Berufsausbildungsverhältnis jederzeit ohne Einhaltung einer Kündigungsfrist gekündigt werden.

§ Der Ausbildende hat dem Auszubildenden eine angemessene Vergütung zu gewähren.

§ Die Ausbildungsordnung kann festlegen, dass die Berufsausbildung in geeigneten Einrichtungen außerhalb der Ausbildungsstätte durchgeführt wird, wenn und soweit es die Berufsausbildung erfordert.

5.9 Wer Rechte hat, hat auch Pflichten

Rechte und Pflichten des Auszubildenden

Im Berufsbildungsgesetz sind für beide Vertragsparteien des Ausbildungsvertrags die Rechte und Pflichten geregelt. Aus den Rechten des oder der Auszubildenden ergeben sich jeweils die Pflichten des Ausbildenden. Bereits während der Probezeit haben die Auszubildenden und der Ausbildungsbetrieb alle Rechte und Pflichten, die für das Berufsausbildungsverhältnis gelten.

§ Bestimmungen aus dem Berufsbildungsgesetz

1 Der Ausbildende hat für eine qualifizierte Ausbildung zu sorgen.

2 Dem Auszubildenden dürfen nur Arbeiten übertragen werden, die dem Ausbildungszweck dienen und seine körperlichen Kräfte nicht überfordern.

3 Der Ausbildende muss den Auszubildenden zum Besuch der Berufsschule freistellen.

4 Der Auszubildende muss ein Berichtsheft führen, wenn dies verlangt wird.

5 Der Auszubildende hat nach Beendigung der Ausbildung einen Anspruch auf ein Zeugnis.

6 Der Auszubildende muss sich bemühen, das Ausbildungsziel zu erreichen.

7 Der Auszubildende hat die ihm aufgetragenen Arbeiten sorgfältig auszuführen.

8 Der Ausbildende muss die Werkzeuge kostenlos zur Verfügung stellen.

9 Der Auszubildende hat den Weisungen des Ausbilders Folge zu leisten.

10 Der Auszubildende muss für Prüfungen freigestellt werden.

11 Der Auszubildende ist verpflichtet, die Berufsschule zu besuchen.

12 Werkzeuge, Maschinen und andere Einrichtungen sind sorgfältig und pfleglich zu behandeln.

13 Über Betriebs- und Geschäftsgeheimnisse muss Stillschweigen gewahrt werden.

14 Der Auszubildende hat Anspruch auf eine angemessene Vergütung.

■ **Sortieren Sie die Bestimmungen aus dem Berufsbildungsgesetz nach Rechten und Pflichten des Auszubildenden. Tragen Sie dazu die Nummern der einzelnen Bestimmungen in die Lücken ein. Wenn Sie richtig zugeordnet haben, ergibt die Summe der Rechte die Zahl 43, die Summe der Pflichten die Zahl 62.**

Rechte des Auszubildenden

_______ + _______ + _______ + _______ + _______ + _______ + _______ = _______

Pflichten des Auszubildenden

_______ + _______ + _______ + _______ + _______ + _______ + _______ = _______

Hat der Chef immer recht?

Entscheiden Sie, ob in den folgenden Fällen der Chef gegen Bestimmungen des Berufsbildungsgesetzes verstößt. Wenn Sie fünfmal mit „ja“ geantwortet haben, liegen Sie richtig.

Fall		
A	Der Ausbildungsbetrieb hat wichtige Terminarbeiten. Michael muss deshalb im Betrieb bleiben und kann die Berufsschule nicht besuchen.	☐
B	Bernd lernt Maurer. Der Chef weist ihn darauf hin, dass er sich einen Schutzhelm kaufen muss.	☐
C	Der Chef verlangt von Mehmet, dass er seinen Arbeitsplatz aufräumt und säubert.	☐
D	Nicole soll für eine erkrankte Arbeiterin für zwei Wochen am Fließband aushelfen.	☐
E	Sandra hat ihre Ausbildung beendet und benötigt für eine Bewerbung ein Ausbildungszeugnis. Der Chef weist sie ab und verweist auf den Gesellenbrief und das Berufsschulzeugnis.	☐
F	Der Ausbildungsleiter will Andreas für drei Wochen auf eine überbetriebliche Ausbildung schicken.	☐
G	Jan wird während der viermonatigen Probezeit ohne Angabe von Gründen entlassen.	☐
H	Lars hat die Berufsschule „geschwänzt“. Der Chef zieht ihm deshalb einen Urlaubstag ab.	☐
I	Vanessas Chefin verbietet ihr, über die Höhe ihres Weihnachtsgeldes mit anderen Auszubildenden zu reden.	☐
J	Aus Verärgerung hat Boris sein Werkzeug auf den Boden geworfen und beschädigt. Der Chef zieht ihm die Reparaturkosten von der Ausbildungsvergütung ab.	☐

6 Versicherungen

6.1 Von Anfang an versichert

Sozialversicherung und private Vorsorge

Alice Patenge kann sich freuen. Sie hat einen Ausbildungsplatz gefunden und kann ihren Wunschberuf als Holzmechanikerin erlernen. Der Ausbildungsvertrag mit dem Ausbildungsbetrieb ist auch schon unterzeichnet. Nach der Vertragsunterzeichnung hat der Personalchef Alice darauf hingewiesen, dass sie noch einige Unterlagen einreichen muss. Alice hat sich dazu einige Notizen gemacht:

Notizen

- ○ Angaben für die elektronische Lohnsteuerkarte besorgen →
- ○ Krankenkasse auswählen; über die läuft dann auch die Pflegeversicherung →
- ○ Girokonto einrichten →
- ○ Versicherungsberater wegen vermögenswirksamer Leistungen, Altersvorsorge, Berufsunfähigkeitsversicherung anrufen →
- ○ Kennzeichen mit Versicherung für meinen neuen Motorroller besorgen →

1. Erläutern Sie, weshalb Alice die Unterlagen benötigt bzw. diese Besorgungen erledigen muss.

2. Um welche Versicherungen muss sich der Ausbildungsbetrieb von Alice kümmern?

3. Welche der notierten Versicherungsleistungen sind Privatsache?

Sicherheit ist ein Grundbedürfnis des Menschen. Gegen die wichtigsten Notfälle und großen Lebensrisiken kann sich der Einzelne kaum allein absichern. Deshalb gibt es die gesetzliche Sozialversicherung. Sie ist eine Pflichtversicherung. Zu ihr zählen die folgenden fünf Versicherungszweige:

- Krankenversicherung
- Rentenversicherung
- Arbeitslosenversicherung
- Pflegeversicherung
- Unfallversicherung

Art. 20 Grundgesetz: Sozialstaatsgebot
Die Bundesrepublik Deutschland ist ein demokratischer und sozialer Bundesstaat.

Im Alltag verbleibt eine Reihe von Gefahren, gegen die sich der Einzelne nur privat absichern kann. Dabei gilt, dass anders als bei der Sozialversicherung unterschiedliche Risiken auch unterschiedliche Beiträge zur Folge haben. Außerdem wird es immer wichtiger, die Sozialversicherung durch private Absicherungen und Vorsorge zu ergänzen.

6.2 Pflichtversichert

System der Sozialversicherung

■ **Ergänzen Sie die Abbildungen, indem Sie**
a) zu den Abbildungen die entsprechenden Sozialversicherungszweige notieren,
b) die Sätze ergänzen und die Fragen beantworten.
Informationen hierzu finden Sie z. B. im Internet unter www.deutsche-rentenversicherung.de

Alles unter einem Dach –
Das System der Sozialversicherung

hilft bei ______________________

hilft bei ______________________

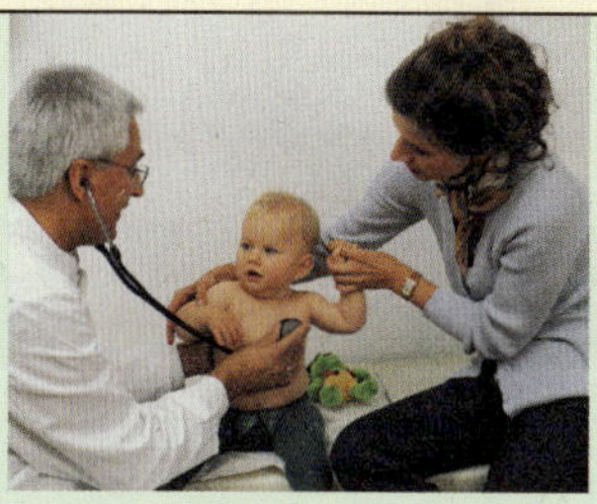

hilft bei ______________________

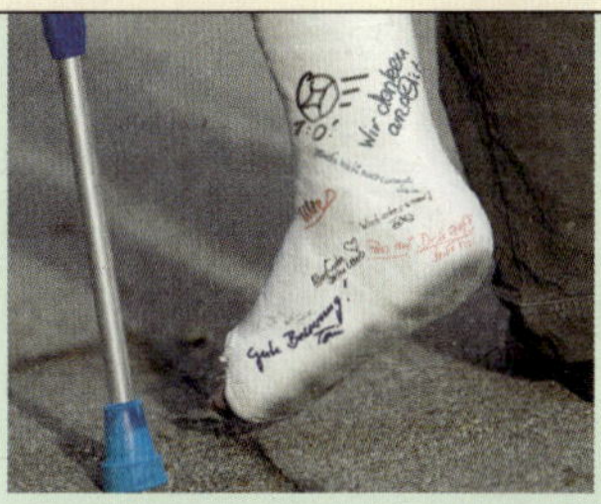

hilft bei ______________________

Wer ist versichert?

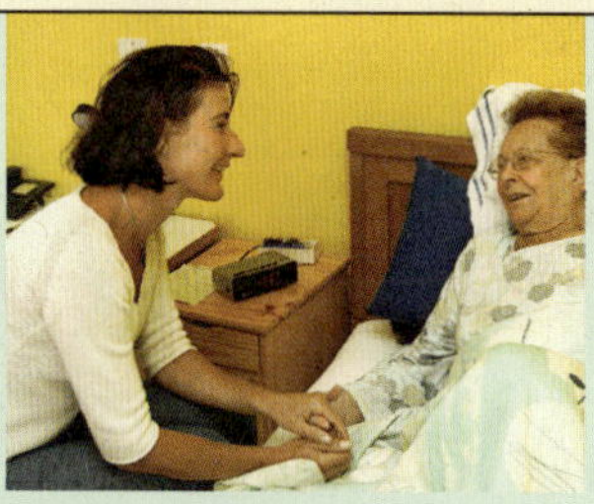

hilft bei ______________________

Wer zahlt die Beiträge?

Das System der Sozialversicherung basiert auf dem **Prinzip der Solidarität**. Solidarität ist die Bereitschaft der Leistungsfähigeren zur Unterstützung der sozial Schwächeren. Die Gesunden helfen den Kranken und Pflegebedürftigen, die Arbeitenden den Arbeitslosen, die Jungen den Alten. Die Beiträge in der Sozialversicherung sind nicht nach dem Risiko gestaffelt, sondern richten sich nach dem Einkommen.
Diese Solidarität erfordert eine Pflichtversicherung, die alle Arbeitnehmer in die Sozialversicherung einbezieht. Die Pflichtversicherung sichert das Recht auf Leistung bei Krankheit, Unfall und im Alter.

6.3 Was ist versichert?

Leistungen der Sozialversicherung

Umschulung	Kosten für Pflegedienste	Krankengeld	Heilbehandlung nach Unfall
Zahnersatz	Pflegegeld	Krankenhauspflege	Verletztenrente
ärztliche Behandlung	Berufsberatung	Arbeitslosengeld	Pflegeheimkosten
Verletztengeld	Altersrente	Rehabilitation	Pflegehilfsmittel
Arzneimittel	Hinterbliebenenrente	Kuren	Arbeitsvermittlung

- **1. Ordnen Sie die Leistungen in die richtigen Karteikästen ein. Beschriften Sie die Karteikarten mit den Leistungen.**
- **2. Notieren Sie auf den Karteikästen die aktuellen Beitragssätze (Stand: 2018).**

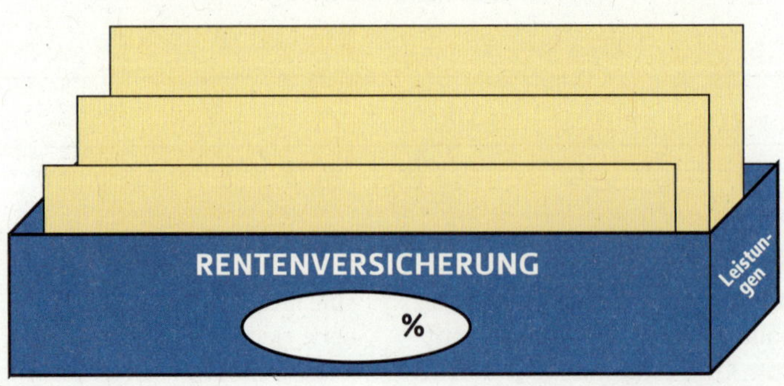

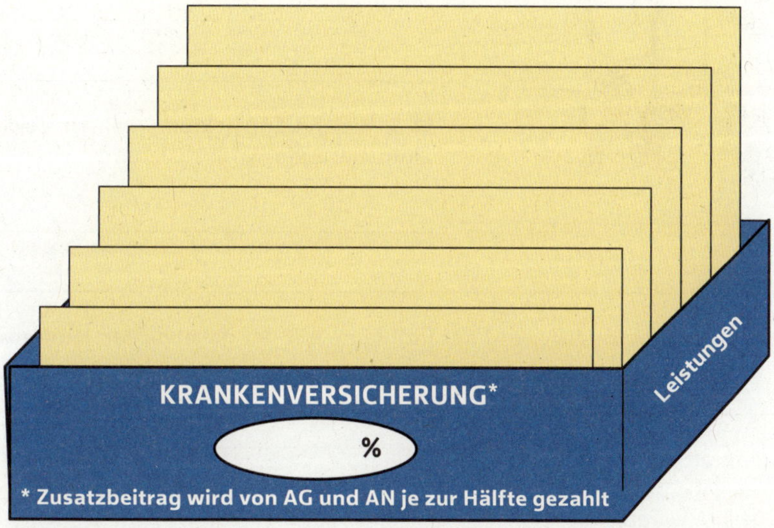

Informationen finden Sie z. B. unter folgenden Internetadressen:
www.bmas.de, www.arbeitsagentur.de, www.deutsche-rentenversicherung.de, www.dguv.de.

6.4 Sich privat zusatzversichern

Private Altersvorsorge

■ **1. Wer ist mit dem Untermann gemeint?**

■ **2. Wen trägt er auf seinen Schultern?**

■ **3. Die Nummer heißt „Generationenvertrag". Erklären Sie dieses dargestellte Prinzip der Rentenversicherung.**

■ **4. Welche Entwicklung will der Zeichner mit dem Hinweis „Künstleragentur" kritisieren?**

■ **5. Welche Konsequenzen sollten Sie aufgrund der Probleme mit der gesetzlichen Rentenversicherung ziehen?**

■ **6. Deutschland ist eine alternde Gesellschaft. Während im Jahr 2001 noch 20,9 % jünger als 20 Jahre waren, sind es 2020 nur noch 17,6 und 2050 16,1 % der Bevölkerung. Der Anteil der 20 bis 59 Jahre alten Menschen wird 2020 53,3 und 2050 nur noch 47,2 % betragen. 2001 waren es 55 %. 24,1 % der Bevölkerung waren 2001 60 Jahre und älter. Dieser Anteil wird auf 29,2 % im Jahr 2020 anwachsen und 2050 sogar 36,7 % betragen.**

Stellen Sie diese Entwicklung in einem Diagramm grafisch dar.

Die „Riester-Rente" ist eine private Altersvorsorge auf freiwilliger Basis, mit der die persönliche Vorsorgelücke der gesetzlichen Rentenversicherung geschlossen werden kann. Während des aktiven Arbeitslebens werden Beiträge in eine private Rentenversicherung, einen Banksparplan oder einen Fonds eingezahlt. Hinzu kommen staatliche Zulagen und Steuerfreibeträge. Die Riester-Anlagen sind behördlich zertifiziert, sodass der Versicherer die Rückzahlung mindestens in Höhe der eingezahlten Beiträge sowie eine Mindestverzinsung garantiert. Anspruch auf die staatliche Förderung haben alle gesetzlich rentenversicherten Arbeitnehmer, alle Beamten, Soldaten, Bundes-Freiwilligendienstleistende, Eltern im Erziehungsurlaub, freiwillig gesetzlich Rentenversicherte und Arbeitslose.
Was für die Rentenversicherung gilt, wird auch für die Krankenversicherung immer wichtiger. Durch eine private Krankenzusatzversicherung kann die gesetzliche Krankenversicherung sinnvoll ergänzt werden.

6.5 Private Risiken absichern

Individualversicherung

1. Welche Versicherung bezahlt den Schaden?

____

2. Nennen Sie Gründe, weshalb diese Versicherung für alle motorisierten Verkehrsteilnehmer Pflicht ist.

____

____

____

Gegen viele Gefahren im Alltag muss sich der Einzelne privat absichern. Sachversicherungen bieten Schutz bei Sachschäden. Personenversicherungen versichern Personen und deren Hinterbliebene.

3. Gegen welche Schäden und Risiken sichern die folgenden Versicherungen ab? Ordnen Sie die Fälle den Versicherungen zu, indem Sie die Zahlen neben den Balken der Grafik in die leeren Kreise neben den verschiedenen Versicherungen eintragen.

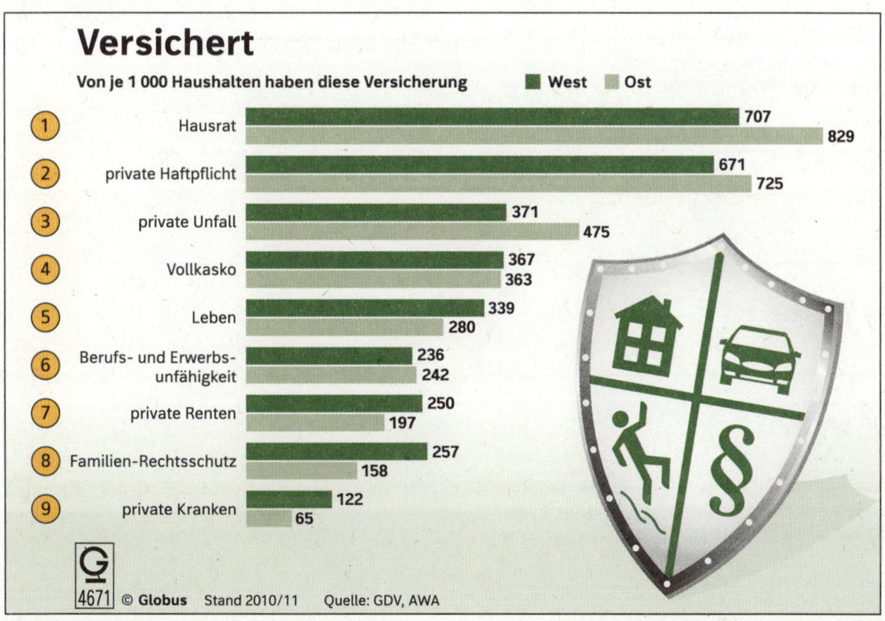

◯ Anwaltskosten bei Prozessen	◯ Autounfall mit Neuwagen
◯ Kapitalanlage im Alter	◯ Absicherung von Angehörigen
◯ Schäden, die man anderen zufügt	◯ Diebstahl
◯ Krankheit, die zur Berufsaufgabe zwingt	◯ Hagelschaden
◯ Wasserschaden	◯ Zusatzeinkommen im Alter
◯ Zahnersatz	◯ Sportunfall in der Freizeit

6.6 Vorsicht, Falle!

Versicherungspolice

„... versichert gegen Hundebisse jeder Art; ausgenommen sind lediglich
a) Bisse von männlichen Hunden
b) Bisse von weiblichen Hunden.
Kastrierte Hunde fallen nicht unter den Begriff Hund ...“

Versicherungsverträge haben manchmal ihre Tücken. Diese werden oft erst im Versicherungsfall sichtbar. Deshalb sollten bei Versicherungsverträgen einige Punkte beachtet werden.

■ **Setzen Sie die passenden Schrifthälften zusammen. Richtig zusammengesetzt ergeben die Kontrollbuchstaben den Fachbegriff für Versicherungsverträge. Lösungsbegriffe: (C) wenn ein Schadensfall vorliegt oder die Beiträge erhöht werden. (E) verliert den Versicherungsschutz. (I) nicht länger als ein Jahr sein. (L) lesen Sie die Versicherungsbedingungen. (O) um Leistungen und Beiträge vergleichen zu können. (P) ob Sie die Versicherung wirklich benötigen.**

a) Prüfen Sie, ...

______________________________ ◯

b) Holen Sie sich mehrere Angebote ein, ...

______________________________ ◯

c) Bevor Sie einen Vertrag unterschreiben, ...

______________________________ ◯

d) Die Laufzeit des Vertrags sollte ...

______________________________ ◯

e) Sie können kündigen, ...

______________________________ ◯

f) Wer den Beitrag nicht rechtzeitig zahlt, ...

______________________________ ◯

Der Versicherungsombudsmann ist eine private, unabhängige und kostenlose Schlichtungsstelle für Beschwerden von Verbrauchern gegen ihre Versicherungsunternehmen.

Verbraucher können kostenlos um Hilfe bitten:
Versicherungsombudsmann e. V.
Postfach 080632
10006 Berlin
Tel. 08003696000
beschwerde@versicherungsombudsmann.de

Für die Krankenversicherung:
www.pkv-ombudsmann.de.

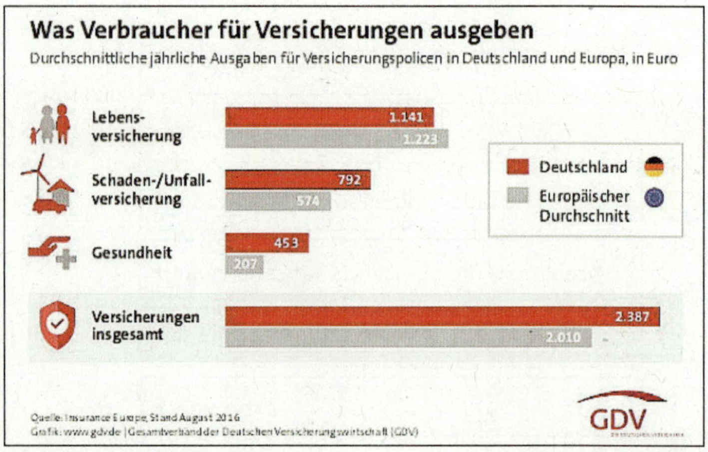

7 Medien

7.1 Sich verständigen

Individualkommunikation

1. Beschreiben Sie einem Mitschüler/einer Mitschülerin die Karikatur, ohne dass er sie sieht.

2. Bitten Sie Ihre/-n Mitschüler/-in, das Bild Ihrer Beschreibung nachzuzeichnen, und vergleichen Sie das Ergebnis mit dem Original.

3. Interpretieren Sie gemeinsam die Karikatur. Notieren Sie sich Stichworte.

____

____

____

____

Menschen müssen sich verständigen. Dazu tauschen sie Informationen aus. Dies nennt man Kommunikation. Der Grundvorgang ist einfach. Da ist ein Sender, der etwas mitteilen möchte. Er verschlüsselt sein Anliegen in Sprache und übermittelt es über ein Medium (Schallwellen, Schrift, Mimik usw.). Was er von sich gibt, ist seine Nachricht. Der Empfänger muss diese Nachricht wahrnehmen und entschlüsseln. In der Regel stimmen gesendete und empfangene Nachricht überein, sodass eine Verständigung stattgefunden hat. Um Unklarheiten zu beseitigen, kann in einem Gespräch der Empfänger an den Sender direkt Rückfragen stellen (Feedback). Ist diese Möglichkeit gegeben, wird von einer Individualkommunikation gesprochen.

4. Ordnen Sie die folgenden Begriffe den Zahlen zu:
Empfänger, Verschlüsselung, Feedback, Sender, Entschlüsselung, Medium.

Einfaches Kommunikationsmodell

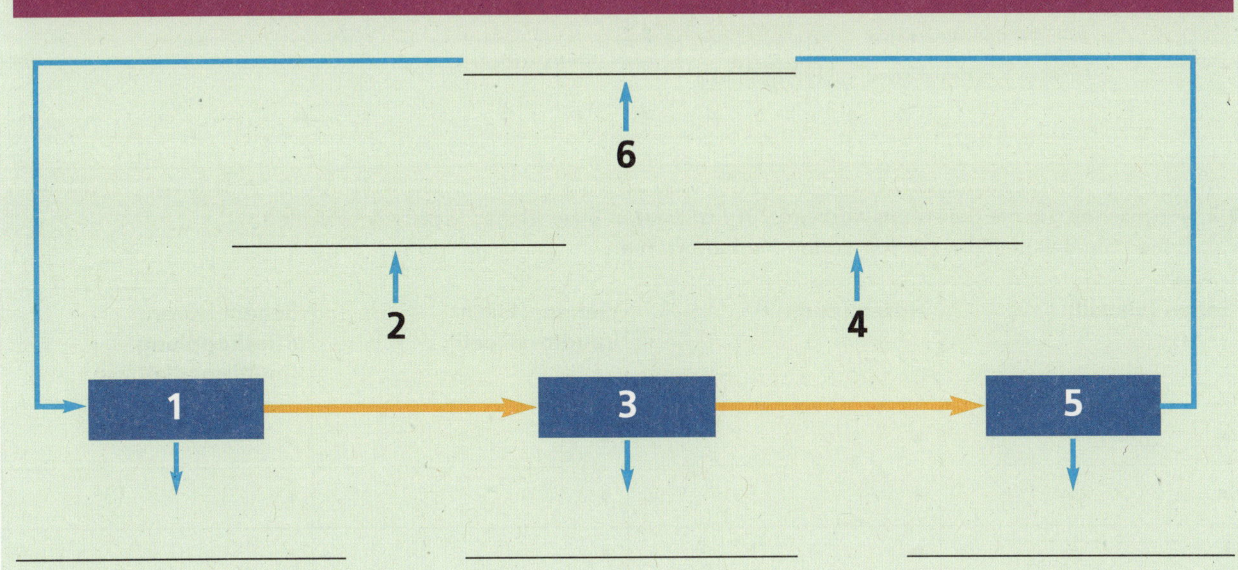

Massenkommunikation

Medien, die sich an ein großes, verschiedenartiges, weit verstreutes und unbestimmtes Publikum („Masse") richten, sind Massenmedien. Sie sind prinzipiell für jeden zugänglich. Im Gegensatz zur Individualkommunikation erlaubt die Massenkommunikation keine Rückfragen des Empfängers einer Nachricht. Zur Verbreitung der schriftlichen, bildlichen oder akustischen Information sind technische Mittel notwendig.

1. Worin unterscheidet sich die dargestellte Kommunikationsform von der Individualkommunikation? Notieren Sie wichtige Stichwörter und erläutern Sie diese einem Mitschüler/einer Mitschülerin:

- ______
- ______
- ______
- ______

2. Bestimmen Sie die vier Hauptmerkmale von Massenmedien:

- ______
- ______
- ______
- ______

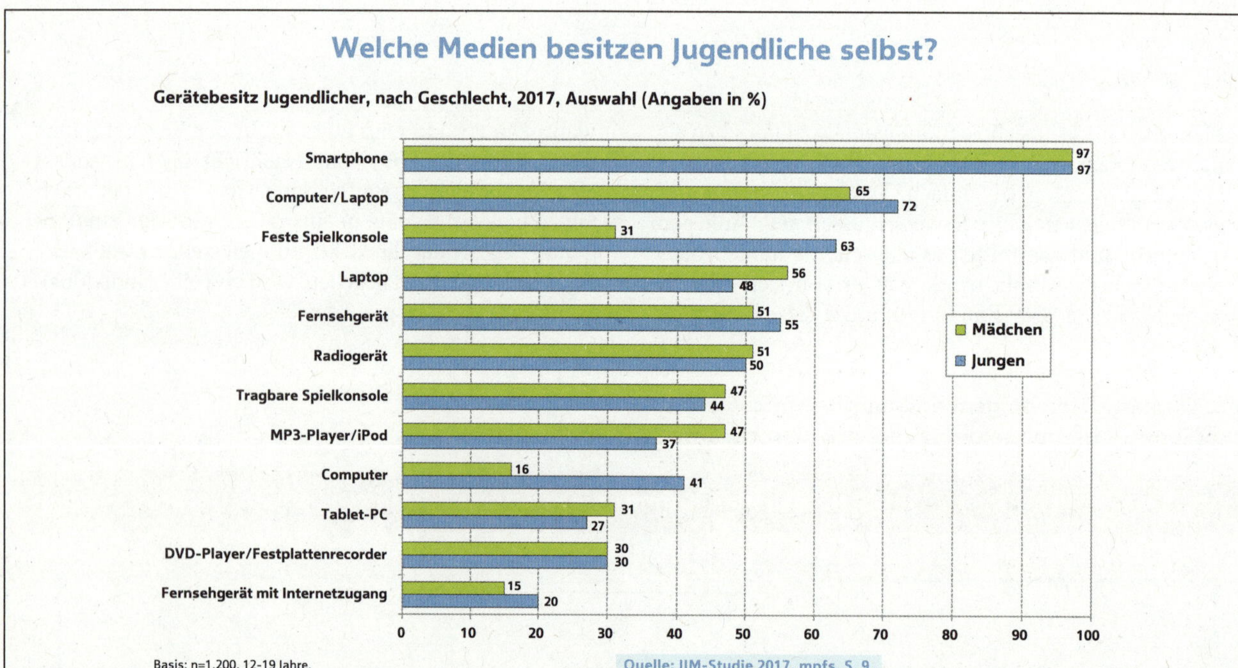

3. Vergleichen Sie die Geräteausstattung 2017 mit der in Ihrer Klasse (Statistik erstellen).

4. Geben Sie Beispiele für die folgenden Medienarten an.

Sehen (visuell)	Hören (auditiv)	Sehen, Hören (audio-visuell)	Sehen, Hören, Rückkopplung (multi-medial)
•	•	•	•
•	•	•	•
•	•	•	•
•	•	•	•

Multimediale Kommunikation

Das Smartphone hat die Kommunikation revolutioniert. Durch die Verbindung von Telefon und Internet kann der Nutzer in Echtzeit (**aktuell**) von überall (**mobil**) mit anderen in einen wechselseitigen Austausch (**interaktiv**) treten: Mit Augen und Ohren (**multimedial**), in geschlossenen und offenen Teilnehmerkreisen (**selektiv**).

Das neue Kommunikationsmittel ist vor allem unter Jugendlichen verbreitet. Sie benutzen es vorzugsweise für Kurznachrichten, die sie über kostenlose Messenger-Dienste wie „WhatsApp“ austauschen. Der Gebrauch zielt jedoch weniger auf die Klärung von Sachfragen, als vielmehr auf die Interaktion, also den Kontakt mit anderen Jugendlichen. Deshalb werden die geführten Dialoge selten abgeschlossen, sondern durch neue, teilweise belanglose Botschaften immer wieder neu aufgefrischt. Rückmeldungen werden ungeduldig erwartet. Bleiben sie aus, wird dies schnell als Ausgrenzung empfunden. Die Folge: Der Blick ist fortlaufend auf das Smartphone gerichtet. Er unterbricht, was aktuell zu erledigen ist. Pädagogen beklagen, dass unter der „Herrschaft“ des Smartphones die Konzentrationsfähigkeit ihrer Schüler erheblich leidet.

Auch die Sprache erfährt eine Veränderung. „Postings“ werden schnell abgesetzt und bestehen aus wenigen, einfachen Worten. Sie sind umgangssprachlich geschrieben und folgen kaum einer grammatikalischen Regel. Sie werden durch Bildzeichen („Emojis“, „Emoticons“ oder „Smileys“) ergänzt, die die jeweilige Gefühlslage andeuten sollen. Hinzu kommt: Jugendliche entwickeln eine eigene Sprache. Sie wollen sich von den Erwachsenen abgrenzen: Sie verfremden Wörter, die dann nur noch von Eingeweihten verstanden werden. Beispielsweise „Geht fit“ für „Bin einverstanden“ oder „I Bims“ für „Ich bin es“.

Kritiker befürchten, dass die „Smartphonekultur“ die Sprachentwicklung junger Menschen beeinträchtigt: Die einfache Umgangssprache funktioniert nur, wenn sich Menschen wirklich gegenüberstehen. So können Sprachlücken durch Gestik und Mimik gefüllt werden. Dies können geschriebene Wörter nicht leisten. Sie sind auf klare Regeln und einen differenzierten Wortschatz angewiesen. Sprache und Denken stehen in einem engen Zusammenhang: Wird die Sprache „simplifiziert“, geht dies zulasten der Denkfähigkeit.

1. Analysieren am Beispiel Ihrer Klasse die Sprache in den Kurznachrichten der Messengerdienste.
2. Zeigen Sie Wege auf, wie den beschriebenen Gefahren der „Smartphonekultur“ begegnet werden kann.

Mediennutzung

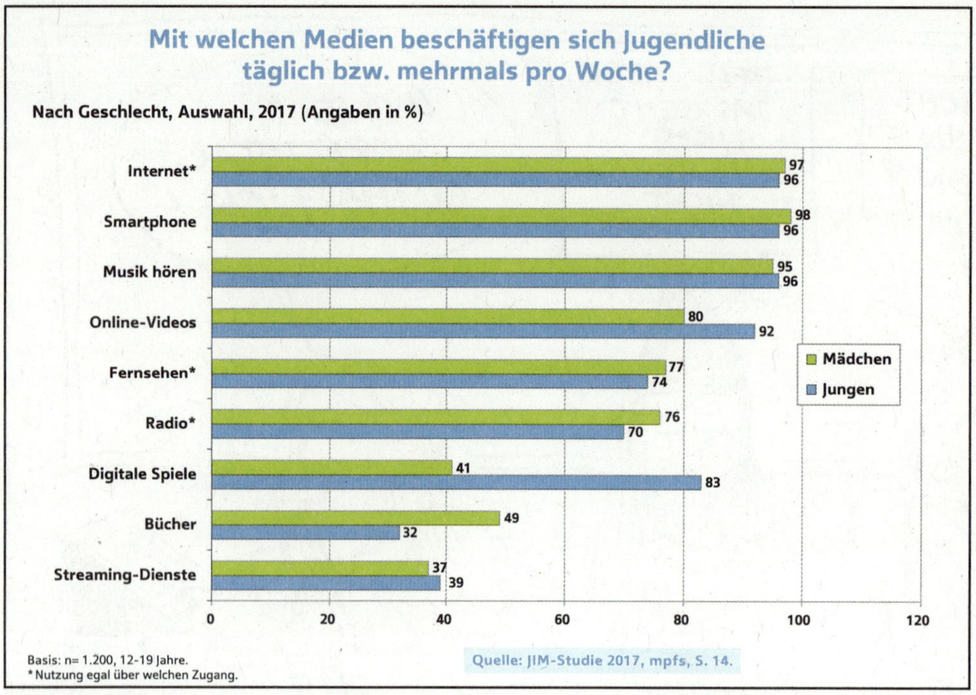

1. Erläutern Sie Aussagen der Grafiken zum Medienverhalten. (Notieren Sie sich Stichworte.)

2. Bestimmen Sie als Grobschätzung Ihr eigenes Medienverhalten. Füllen Sie die Tabelle aus (Minuten der Mediennutzung in der jeweiligen Doppelstunde).

Medium / Zeit	Hörfunk	TV	Zeitung	Bücher	Tonträger	Internet/ smart-phone	Zeitschrift	Video	Gesamt
06:00									
08:00									
10:00									
12:00									
14:00									
16:00									
18:00									
20:00									
22:00									
24:00									
Gesamt									

3. Erstellen Sie eine Statistik für Ihre Klasse und vergleichen Sie das Ergebnis mit Ihrem eigenen und dem in Deutschland.

4. Diskutieren Sie die Gründe für die Abweichungen.

Aufgaben der Medien

Nutzungsmotive für die Medien im Direktvergleich (BRD gesamt, Pers. ab 14. J. trifft am meisten zu auf ... in %)

Nutzungsmotive der tagesaktuellen Medien								
BRD gesamt, Pers. ab 14. J., trifft am meisten/an zweiter Stelle zu auf ..., in %								
	Fernsehen		**Hörfunk**		**Tageszeitung**		**Internet**	
	2015	**2010**	**2015**	**2010**	**2015**	**2010**	**2015**	**2010**
damit ich mitreden kann	68	71	39	41	43	50	45	38
weil ich Denkanstöße bekomme	64	65	41	44	40	48	51	43
weil ich mich informieren möchte	63	63	39	38	46	54	50	45
weil ich dabei entspannen kann	83	85	64	67	19	22	31	26
weil es mir Spaß macht	78	81	51	54	20	21	49	45
weil ich mich dann nicht allein fühle	73	84	56	64	16	18	37	34
weil ich mich ablenken möchte	81	85	54	58	18	20	42	37
weil es aus Gewohnheit dazugehört	73	75	57	59	31	36	35	30
weil ich dort Dinge erfahre, die für meinen Alltag nützlich sind	60	64	44	43	42	49	52	44
Basis: Befragte, die mindestens zwei Medien mehrmals im Monat nutzen.								

Quelle: ARD/ZDF-Langzeitstudie Massenkommunikation.

1. Erstellen Sie in Ihrer Klasse eine Umfrage: „Welche zwei Medien benutzt du aus dem jeweiligen Motiv?" Vergleichen Sie das Ergebnis mit dem von Deutschland und diskutieren Sie die möglichen Ursachen für Abweichungen.

2. Tragen Sie Sendungen aus dem TV-Programm als Beispiele für die jeweilige Aufgabe der Medien in die Tabelle ein.

Aufgabe	**Ziel**	**Beispiele aus dem Fernsehen**
Information	Der Bürger soll durch eine sachliche Darstellung der gesellschaftlichen und politischen Zusammenhänge seine Interessen erkennen können.	
Meinungsbildung	Der Bürger soll durch eine ausgewogene Darstellung unterschiedlicher Auffassungen sich ein eigenständiges Urteil zu strittigen Fragen bilden können.	
Kontrolle	Der Bürger soll über Fehlentwicklungen in allen öffentlichen Bereichen aufgeklärt werden, um entsprechend aktiv zu werden.	
Bildung	Der Bürger soll durch gezielte Unterweisung seine persönlichen Fähigkeiten weiterentwickeln können.	
Unterhaltung	Der Bürger soll die Möglichkeit zur Entspannung und Zerstreuung erhalten.	

Gefahren der Mediennutzung

①

②

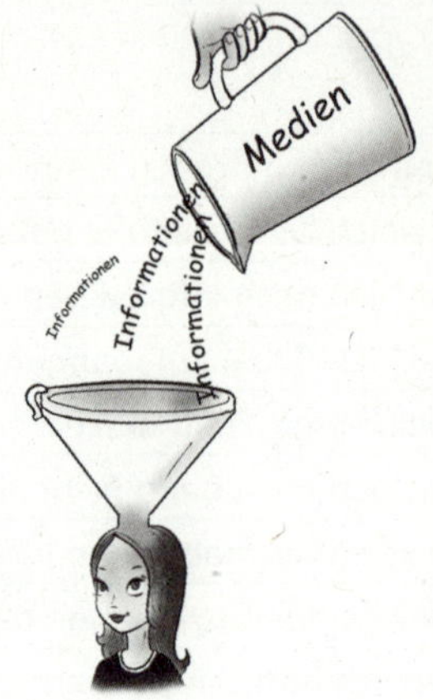

③

④

■ **1. Geben Sie die in den Karikaturen beschriebenen Gefahren an. (Tragen Sie ein Stichwort ein.)**

a)	b)
c)	d)
e)	f)

■ **2. Sind die beschriebenen Gefahren nach Ihrer Meinung wirklich gegeben? Begründen Sie Ihre Antwort.**

7.2 Zeitung lesen

Tageszeitung

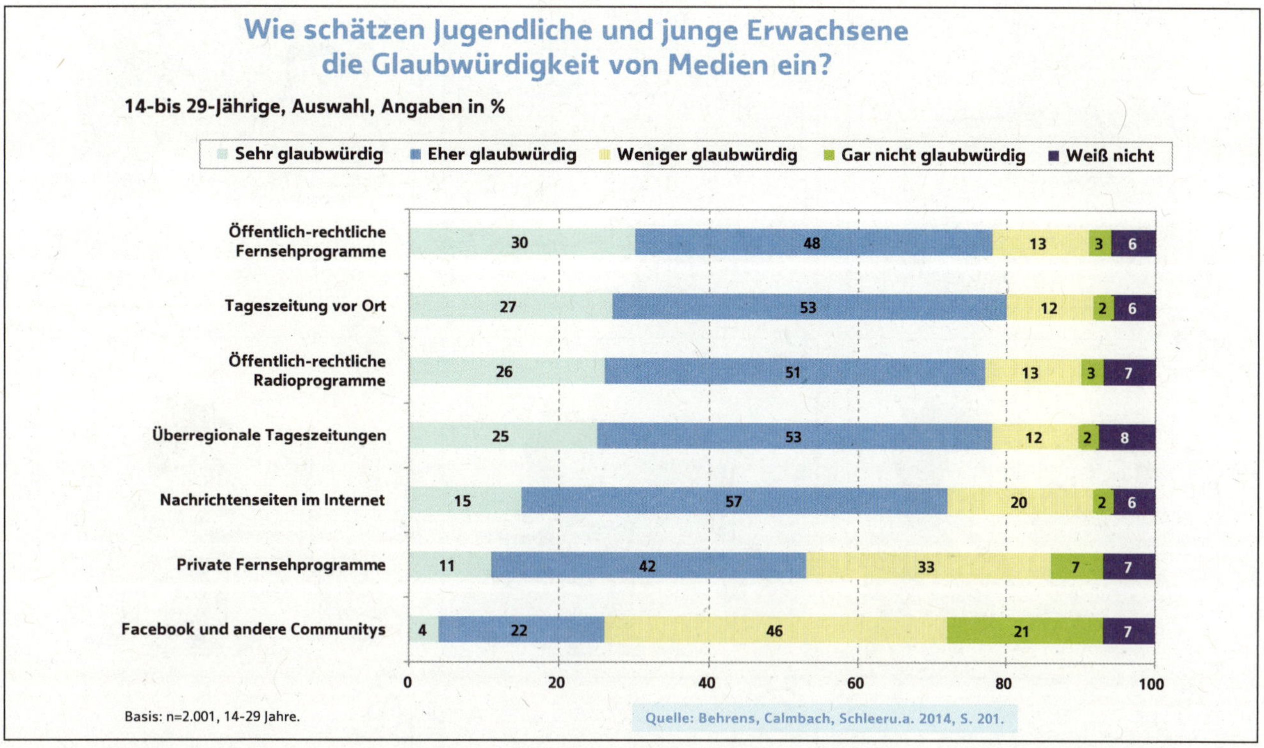

1. Vergleichen Sie die Ergebnisse der Umfrage mit der Sichtweise in Ihrer Klasse.

2. Diskutieren Sie die Begründungen der Antworten in Ihrer Klasse.

Die Generation der Millennials [= Jahrgänge, die nach dem Jahr 2000 geboren wurden] kommt nicht oder kaum noch mit traditionellen Medienmarken in Kontakt. [...] [Diese] scheinen zunehmend abgekoppelt von dem, wovon sich Teenager und junge Erwachsene inspirieren [= anregen] lassen. Damit schwindet auch die Bereitschaft vieler Menschen, für journalistische Inhalte zu bezahlen. Dieses Dilemma hat nicht nur Auswirkungen auf die Marktfähigkeit [Gewinnerzeugung] des Journalismus, sondern beeinflusst auch massiv die Prozesse unserer demokratischen Meinungs- und Willensbildung. Dennoch machen einige [...] Digitalangebote [...] eine exzellente Figur [z. B.: Ze.tt.de, jetzt.de, bento.de oder heute-plus]. [...] Erfolgreich sind sie deshalb, weil sie sich nicht anbiedern, sondern ihre Angebote unmittelbar an der Lebenswirklichkeit junger Zielgruppen ausrichten. Authentizität [= Echtheit], technologisch ausgereifte Konzepte, originelles Design und für die mobile Mediennutzung [...] aufbereitete Inhalte sind nur einige Erfolgsfaktoren, die diese Angebote auszeichnen.

Quelle: Weichert, Stephan; Kramp, Leif: Trendreport 2020: Digitale Medien für Millennials, S. 2. In: bdzv.de. März 2017. www.bdzv.de/fileadmin/bdzv_hauptseite/aktuell/bdzv_branchendienste/bdzv_intern/2017/4_2017/BDZV_Trendreport_2020_-_Medien_f%C3%BCr_Millennials.pdf [14.05.2018]. © BDZV e.V.

3. Erläutern Sie die Gefahren, die von der Mediennutzung junger Menschen für die traditionellen Medien und die Demokratie ausgehen.

____

____

____

____

4. Recherchieren Sie die Neuerungen in den jugendbezogenen Webangeboten der traditionellen Medienanbieter und diskutieren Sie, ob damit junge Menschen besser mit politischen Fragestellungen erreicht werden.

Weg einer Nachricht

1. Ordnen Sie die Bilder dem entsprechenden Ereignis zu.

	Zeitungsauslieferung		Reporter schreibt Artikel		Reporter befragt Zeugen
	Zeitungsverkauf		Polizei informiert Zeitung		Seite wird gedruckt
	Redakteur legt Textlänge fest und sucht das passende Foto aus		Hilfsdienst (Polizei/Feuerwehr) rollt an		Notfall

2. Stellen Sie Ursachen für mögliche Falschmeldungen dar.

Eine Nachricht

Die Nachricht ist eine möglichst knappe Form der Darstellung von Sachverhalten. Sie teilt eine Neuigkeit mit, die für die Allgemeinheit von Interesse ist. Der Text ist frei von den persönlichen Bewertungen des Autors, er soll objektiv und nicht subjektiv sein. Die Quelle der Information wird genannt.

Urteil zu Risikospielen: Bremen siegt im Kostenstreit mit der DFL
Von Ralf Michel – 21.02.2018

Die Gebühren, die Bremen der Deutschen Fußball Liga (DFL) für den Einsatz zusätzlicher Polizeikräfte bei sogenannten Hochrisikospielen in Rechnung stellt, sind rechtens. Das Oberverwaltungsgericht (OVG) gab am Mittwoch der Argumentation der Stadt Bremen in allen Punkten recht. [...] Dass die DFL Mitveranstalter der Spiele der Fußballbundesliga ist und von daher völlig zu Recht von Bremen als Gebührenschuldner herangezogen wurde, stand für die Richter ebenso fest, wie die individuelle Zurechenbarkeit der zusätzlichen entstandenen Kosten. 969 Polizisten waren beim Nordderby am 19. April 2015, dem Spiel, um das es vor Gericht ging, im Einsatz. Normaler Weise tun es zwischen 300 und 600. Das große Polizeiaufgebot diente nach Auffassung des Gerichts zwar auch der allgemeinen Sicherheit und damit dem öffentlichen Interesse. In erster Linie habe es aber dem störungsfreien Ablauf der Veranstaltung gedient und sei von daher eher dem Veranstalter zuzurechnen als der Allgemeinheit. [...] Die DFL gestand die Niederlage ein, kündigte unmittelbar nach der Urteilsverkündung aber bereits den Gang vors Bundesverwaltungsgericht in Leipzig an.

Quelle: Michel, Ralf: Urteil zu Risikospielen. In: Weser-Kurier vom 21.02.2018. www.weser-kurier.de/bremen/bremen-stadt_artikel,-urteil-zu-risikospielenbremensiegt-im-kostenstreit-mit-der-dfl-_arid,1702495_print,1.html [14.05.2018].

1. Prüfen Sie, ob die Mitteilung den Maßstäben einer Nachricht entspricht.
2. Geben Sie Antwort auf die sechs W-Fragen, die eine vollständige Nachricht ausmachen.

Was ist geschehen?	
Wann ist es geschehen?	
Wie ist es geschehen?	
Wo ist es geschehen?	
Wer ist beteiligt gewesen?	
Warum ist es geschehen?	

Ein Bericht

Der Bericht ist eine umfangreiche Nachricht, die zumeist zusätzlich durch ein Foto veranschaulicht wird. Er beantwortet wie die Nachricht alle W-Fragen, geht aber etwas genauer auf den Hintergrund des Sachverhalts ein. So verweist er auf Zusammenhänge und zeigt mögliche Folgen auf.

Lewentz: DFL soll für Polizei zahlen

Von Anja Kunz

[...] Bundesweit steigen seit Jahren die Ausgaben für Polizeieinsätze bei Fußballspielen. Weil die Stadien größer werden, weil immer mehr Zuschauer in die Arenen pilgern, weil die Gewaltbereitschaft der Fans höher geworden ist und damit die Zahl der Straftaten steigt. In der Saison 2016/2017 lagen die Kosten für Einsätze in den ersten drei Ligen bei über 112 Millionen Euro, rund 2,24 Millionen Arbeitsstunden fielen für die Beamten an. Hinzu kommen erhebliche Sachkosten. Das alles muss mit Steuergeld finanziert werden. Gleichzeitig verkündet die DFL jährlich Umsatzrekorde (2018: mehr als vier Milliarden Euro); sie besitzt eine enorme Wirtschaftskraft. Und Minister Lewentz findet: Wenn bei den Profivereinen „Millionen für Transfers, Gehälter und Spielerberater fließen", wenn Zuschauer- und Werbeeinnahmen Megasummen in die Klubkassen spülen, dann „müssen auch die Kosten für die Polizei unterstützt werden". Es liegt doch nahe, dass der Staat bei denjenigen die Hand aufhält, die Geld mit dem Freizeitvergnügen Fußball verdienen. [...]

Quelle: Kunz, Anja: Lewentz: DFL soll für Polizei zahlen. In: Die Rheinpfalz – Pfälzer Tageblatt. Nr. 95 vom 24.04.2018, S. 9.

1. Geben Sie die zusätzlichen Informationen zum Nachrichtenthema wider.

2. Die Deutsche Fußball Liga (DFL) ist im Gegensatz zur Gerichtsentscheidung der Auffassung, dass der Staat die öffentliche Sicherheit gewährleisten muss und deshalb für die Polizeikosten allein aufkommen muss. Dies gelte für alle Veranstaltungen. Seien es Rockkonzerte, Volksfeste oder Weihnachtsmärkte. Überall könnte es zu Gewalttaten durch Randalierer kommen. Schreiben Sie einen Leserbrief zu dieser Aussage.

Ein Kommentar

Der Kommentar ist die persönliche Meinung, die ein Journalist zu einem Sachverhalt veröffentlicht. Er ist somit immer subjektiv, weshalb der Kommentator namentlich gekennzeichnet wird. In ihm werden wertende Formulierungen gebraucht. Sachverhalte werden interpretiert und Zusammenhänge gemutmaßt. Der Kommentator will überzeugen und zeigt Argumente auf.

Kommentar

In der Pflicht

Von Anja Kunz

Stolz prahlt die DFL [...] Sie [...] erfreut sich an sagenhaften Gewinnen und verkündet feierlich Mega-Deals mit TV-Anstalten. [...] Unfassbare Summen fließen in das Business Bundesliga; der Profifußball ist eine bis an den Rand gefüllte Goldgrube. Aus der will der Staat nun einen kleinen Teil abschöpfen. Zu Recht.

Während also Vereine und DFL im Geld schwimmen, sind die Kassen bei Bund und Ländern ausgetrocknet. Wenn nun die Kosten für Polizeieinsätze gerade bei Hochrisikospielen permanent steigen [...], dann muss die Politik handeln. [...] Es kann nicht sein, dass die horrenden Summen auf die Steuerzahler abgewälzt werden, während die Vereine gigantische Spielergehälter und exorbitante Ablösesummen zahlen. Die Waage hängt bereits schief, irgendwann schlägt sie sonst komplett aus. Fußballspiele sind ein Allgemein- und Kulturgut, sie sind Freizeitvergnügen für die Gesellschaft. Aufgabe des Staates ist es, dass sich die Bürger dabei sicher fühlen [...] Bezahlen sollen den Spaß aber auch die, die damit massig Geld verdienen.

Quelle: Kunz, Anja: In der Pflicht. In: Die Rheinpfalz – Pfälzer Tageblatt. Nr. 95 vom 24.04.2018, S. 9.

3. Welche Meinung vertritt die Kommentatorin?

____

____

____

____

____

4. Beziehen Sie zum Kommentar kritisch Stellung.

Meinungsmacht

IST DIESE MELDUNG EIN FAKE?

Harmlose Kettenbriefe, Warnungen vor Viren sowie verfälschte Meldungen sind oftmals Fake News und ein akutes Problem im 21. Jahrhundert. Fake News verbreiten sich schnell und dienen dazu, Angst zu verbreiten, Meinungen zu manipulieren und Gesellschaftsgruppen zu diskriminieren. Gerade auch im politischen Bereich sind Fake News problematisch, da sie zum Beispiel Wahlkampf und Wahlentscheidungen beeinflussen können. Gefälschte Nachrichten werden oft über soziale Medien wie Facebook, Twitter und Youtube populär gemacht.
Woher weiß man, ob eine Nachricht echt oder frei erfunden ist? Wie erkennt man nun Fake News?

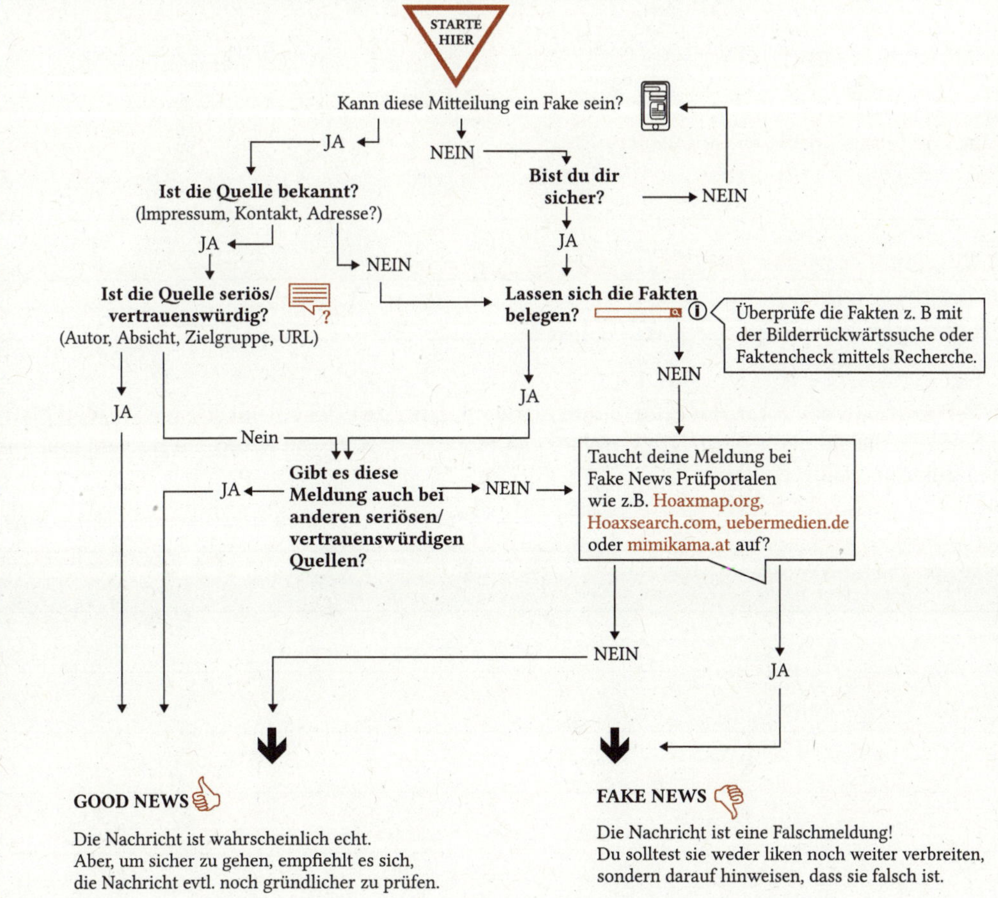

1. Recherchieren Sie auf der Internetseite Hoaxmap.org nach gefälschten Nachrichten („Fake News").
2. Erläutern Sie die Schritte zur Überprüfung von Meldungen auf ihren Wahrheitsgehalt.

Manipulation

Irakischer Soldat: Das [...] Originalbild in der Mitte zeigt einen irakischen Soldaten umgeben von US-Soldaten während des Irak-Kriegs 2003. In der Presse wurde sowohl der linke als auch der rechte Bildausschnitt veröffentlicht. Die Gegenüberstellung der drei Versionen verdeutlicht die unterschiedlichen Wirkungen, die durch das Beschneiden eines Fotos erzielt werden können. Auch dies ist Bildmanipulation.

Quelle: Maack, Benjamin: Manipulierte Bilder - Finden Sie die Fehler! In: SPIEGEL ONLINE. 11.07.2008. www.spiegel.de/fotostrecke/manipulierte-bilder-fotostrecke-107186-3.html [14.05.2018].

1. Erläutern Sie die Aussage jedes einzelnen Bildausschnitts.

2. Durch absichtliche Verfälschung von Informationen durch Auswahl, Zusätze oder Auslassungen werden Menschen zu Einstellungen bewegt, die sie nach ihrem freien Willen so nicht hätten. Formulieren Sie Ratschläge, wie sich der Einzelne vor Manipulation schützen kann.

Leseverhalten

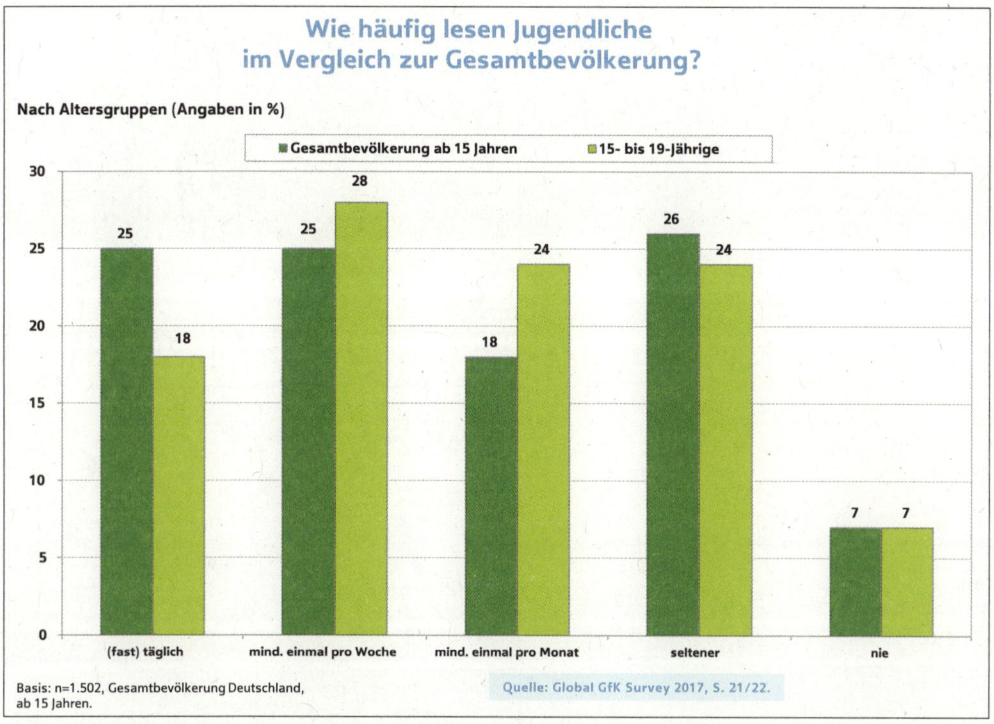

1. Analysieren Sie das Leseverhalten junger Menschen.

2. Erstellen Sie eine Vergleichsstatistik in Ihrer Klasse. Stellen Sie Unterschiede heraus und suchen Sie nach Ursachen.

Jahrtausendelang hatte die geschriebene Sprache für die Kommunikation kaum Bedeutung. Dies änderte sich erst mit dem Aufkommen von Büchern. Diese waren jedoch lange Zeit äußerst selten, da sie von Hand geschrieben werden mussten. Dies änderte sich mit der Erfindung des Buchdrucks um 1440 durch den Mainzer Goldschmied Johannes Gutenberg. Der Einsatz der beweglichen Metalllettern ermöglichte eine sehr viel schnellere und vor allem billigere Herstellung von Schriftstücken. Jetzt konnten sich neben der Kirche auch wohlhabende Bürger Bücher leisten. Mit der Einführung des Taschenbuchs ab 1935 wurde dieses Medium schließlich auch für Bevölkerungsschichten mit geringem Einkommen erschwinglich. Heute werden täglich Tausende Bücher gedruckt. Die Verkaufszahlen der Verlage und die Masse der Neuerscheinungen jedes Jahr zeigen, dass das Buch sich neben anderen Medien wie Fernsehen oder Computer bis heute als eines der wichtigsten Kommunikationsmittel halten konnte.

3. Heute werden immer mehr Schriftstücke in elektronischer Form gelesen (z.B. E-Books). Stellen Sie die Entwicklung der geschriebenen Sprache kurz dar.

4. Welche Bücher haben Sie im vergangenen Jahr gelesen? Stellen Sie einem Mitschüler/einer Mitschülerin kurz den Inhalt vor.

Lesekompetenz ist mehr als einfach nur lesen zu können. Lesekompetenz ist die Fähigkeit, geschriebene Texte unterschiedlicher Art in ihren Aussagen, ihren Absichten und ihrer formalen Struktur zu verstehen und in einen größeren Zusammenhang einordnen zu können, sowie in der Lage zu sein, Texte für verschiedene Zwecke sachgerecht zu nutzen. Lesekompetenz ist nicht nur ein wichtiges Hilfsmittel für das Erreichen persönlicher Ziele, sondern eine Bedingung für die Weiterentwicklung der eigenen Fähigkeiten – also jeder Art selbstständigen Lernens – und eine Voraussetzung für die Teilnahme am gesellschaftlichen Leben.

Quelle: Nach: Baumert, Jürgen u.a. (Hrsg.): PISA 2000. Opladen: Verlag Leske und Budrich 2001.

5. Unterstreichen Sie drei Wörter, die als Merkmale der Lesekompetenz angegeben werden.

6. Erläutern Sie die Bedeutung der Lesekompetenz (Stichworte).

Für den Einzelnen: ______________________

Für die Gesellschaft: ______________________

7.3 Fernsehen schauen

Fernsehkonsum

■ **1. Interpretieren Sie die Karikatur.**

Medienkonsum von Schülerinnen und Schülern

Schüler werden von ihren Eltern und Erziehern nicht selten wegen ihres Fernsehkonsums kritisiert. Vor allem ihre Verweildauer wird negativ gesehen. Das ist die Zeit, die sie tatsächlich als Zuschauer vor dem Bildschirm verbringen. Nach Schülerbefragungen ist davon auszugehen, dass 9 von 10 Schülern im Alter von 15 bis 16 Jahren täglich mehr als 2 Stunden das TV-Angebot (z. B. Musik oder Filme) nutzen. Werden es nicht mehr als 4 Stunden, gelten sie als „Normalnutzer". Wer darüber liegt, wird als „Vielnutzer" bezeichnet. Zu ihnen gehören 4 von 10 Schülern. 2 von 10 Schülern gelten sogar als „Intensivnutzer", weil sie täglich mehr als 6 Stunden in die TV-Welt eintauchen. Auch wenn sich die Form der Nutzung von TV-Angeboten durch das Vordringen des Internets geändert hat, so bleiben die damit verbundenen Gefahren doch dieselben, vor allem im Hinblick auf das schulische Lernen. Schülerbefragungen lassen einen engen Zusammenhang zwischen dem Fernsehkonsum und der Zufriedenheit mit der eigenen Schulleistung vermuten: Je höher die TV-Verweildauer eines Lernenden, desto eher gibt er an, mit seinem persönlichen Lernerfolg nicht zufrieden zu sein. Von den „Intensivnutzern" geben sogar viele an, die Lust am Lernen verloren zu haben. Für sie ist der Fernsehkonsum eine Möglichkeit, vor den Anforderungen der Schule zu flüchten. Einige Hirnforscher sind sogar der Meinung, dass der übermäßige Fernsehkonsum die Lernfähigkeit mindert und so den Schulerfolg blockiert.

Autorentext, vgl. Leuphana Universität Lüneburg, DAK Gesundheit (Hg.): Medienkonsum von Schülerinnen und Schülern. Zusammenhänge von Schulleistungen und Freizeitverhalten 2012, www.leuphana.de/fileadmin/user_upload/newspool/meldungen/files/DAKLeuphanaStudie.pdf [10.12.2018]

■ **2. Ermitteln Sie die tägliche Nutzungszeit von TV-Angeboten (Musik, Videos usw.) der Schüler Ihrer Klasse und teilen Sie diese in die drei Nutzertypen auf.**

■ **3. Diskutieren Sie die These, dass der Fernsehkonsum das Lernen in der Schule beeinträchtigt.**

Duale Rundfunkordnung

Einschätzungen öffentlich-rechtlicher und privater Fernsehprogramme im Direktvergleich

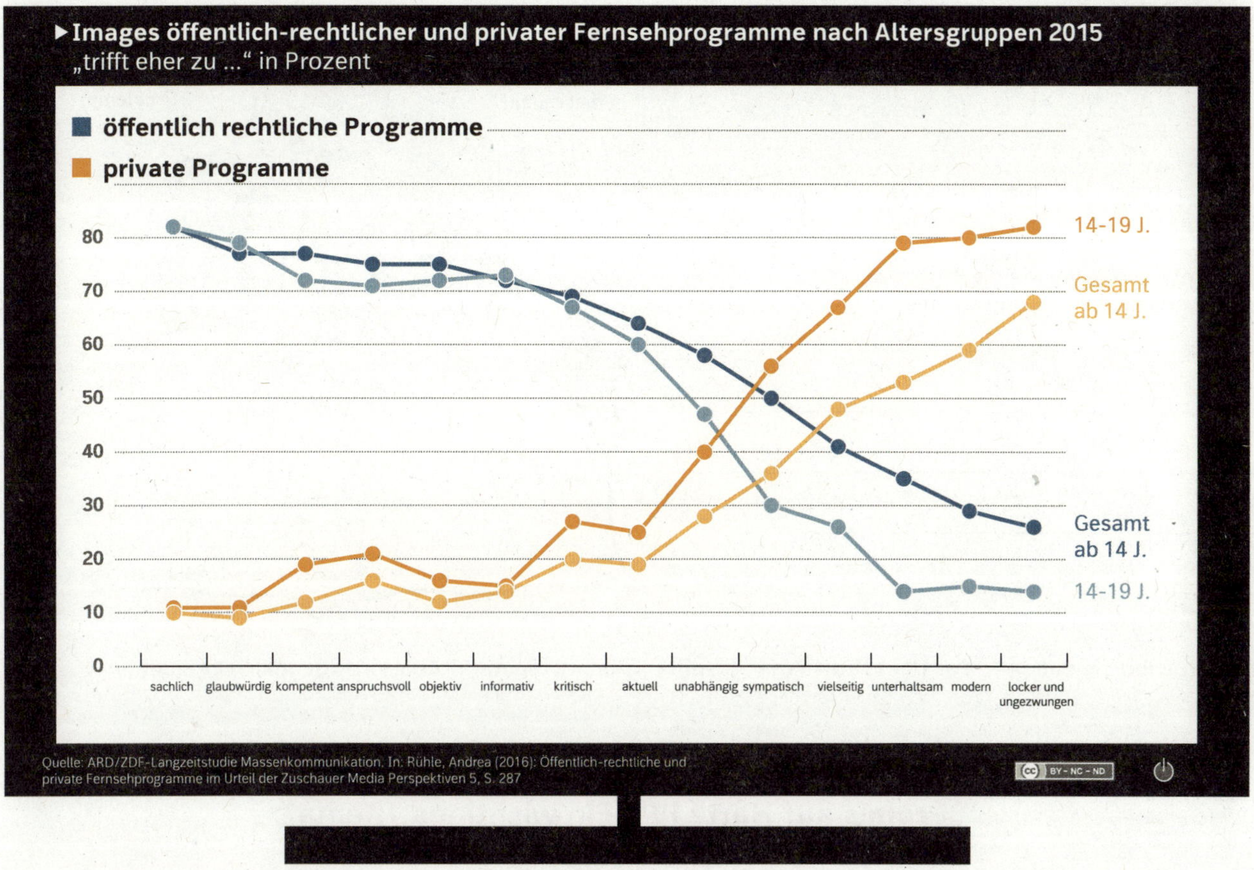

- **1. Vergleichen Sie das Ergebnis mit den Sehgewohnheiten in Ihrer Klasse.**
- **2. Diskutieren Sie Gründe für die Beliebtheit der privaten TV-Sender bei jungen Menschen.**
- **3. Beschreiben Sie die duale Rundfunkordnung mithilfe der Übersichtstabelle.**

- **4. Ergänzen Sie die Zeile mit Beispielsendern.**

	Duale Rundfunkordnung	
Ziel	• Meinungsvielfalt • Staatsferne • Ausgleich gegenseitiger Nachteile	
Struktur	**Öffentlich-rechtlich**	**Privat**
Auftrag	• Für jeden zugänglich (Grundversorgung) • Alle Aufgaben (Information bis Unterhaltung)	• Mindeststandard an Vielfalt • Gewinnerzielung
Organisation	• Unabhängige Anstalt (Ausgliederung aus allgemeiner Verwaltung des Staates)	• privates Unternehmen
Aufsicht	• Selbstkontrolle durch Ausschüsse mit Vertretern der gesellschaftlichen Gruppen	• Landesmedienanstalt
Marktstruktur	• per Gesetz	• per Lizenz
Finanzierung	• Gebühren • Werbung	• Werbung
Problem	• Parteieneinfluss • „abgehoben" (elitär)	• private Meinungsmacht • „geistlos" (trivial)

Privatsender in der Diskussion

1. Interpretieren Sie die Karikatur.

2. Suchen Sie Beispiele aus dem aktuellen Fernsehprogramm, die auf Probleme Jugendlicher eingehen.

„Promis auf Hartz IV“: Ein wichtiges Thema ad absurdum geführt

[...] RTL II stuft zwei Superreiche für vier Wochen lang zu Hartz-IV-Empfängern herab und verkauft das als spannendes Sozialexperiment. [...] Fürst Heinz und Fürstin Andrea von Sayn-Wittgenstein müssen vier Wochen lang auf all ihren Luxus verzichten und ausschließlich von Hartz IV (736 Euro) leben. So das ausgetüftelte Konzept von «Promis auf Hartz IV», [...] Dass dieses Unterfangen nicht leicht werden würde, lässt sich schon in den ersten Minuten erahnen: Schließlich müssen die Millionäre nicht nur Abschied von ihren geliebten Katzen nehmen, sondern auch [...] Handy, Bargeld und Kreditkarten sowie sämtliche Luxusartikel müssen ebenfalls zurückgelassen werden. Die Motive dafür? Man wolle herausfinden, ob man auch ohne das ganze Geld und den Schnickschnack glücklich leben kann. Es geht um die Erfahrung, sagt Fürst Heinz. Ach ja, und ganz nebenbei will er auch noch herausfinden, ob die Leute, die Hartz IV bekommen, entweder nur nicht arbeiten wollen oder einfach keinen Job bekommen. Erst dann – nach wohlgemerkt angeblich nur einen Monat – könne er über solch komplexe Dinge urteilen. Das muss man sich erstmal auf der Zunge zergehen lassen. Bevor es ans Eingemachte geht, sehen wir noch, wie es sich Heinz und seine Liebste in einem edlen Etablissement gut gehen lassen; auch ein Brunch mit der Cordalis-Familie steht noch an. [...]

Quelle: Sallhoff, Daniel: „Promis auf Hartz IV“: Ein wichtiges Thema ad absurdum geführt. In: www.quotenmeter.de. 08.05.2018. www.quotenmeter.de/n/100801/promis-auf-hartz-ivein-wichtiges-thema-ad-absurdum-gefuehrt [14.05.2018].

3. Erläutern Sie die Kritik des Autors an der neuen Fernsehserie.

4. Diskutieren Sie die möglichen Motive von RTL II, diese Sendereihe ins Programm zu nehmen.

Öffentlich-rechtliche Sender in der Diskussion

Rundfunkbeitragsstaatsvertrag

§

§ 2 (Rundfunkbeitrag im privaten Bereich)
(1) Im privaten Bereich ist für jede Wohnung von deren Inhaber (Beitragsschuldner) ein Rundfunkbeitrag zu entrichten. [2018: 17,50 Euro im Monat]

§

§ 8 (Anzeigepflicht)
(1) Das Innehaben einer Wohnung (...) ist unverzüglich schriftlich der zuständigen Landesrundfunkanstalt anzuzeigen (Anmeldung);

§

§ 12 (Ordnungswidrigkeiten)
(1) Ordnungswidrig handelt, wer vorsätzlich oder fahrlässig (...) den Beginn der Beitragspflicht (...) nicht innerhalb eines Monats anzeigt oder den fälligen Rundfunkbeitrag länger als sechs Monate ganz oder teilweise nicht leistet.
(2) Die Ordnungswidrigkeit kann mit einer Geldbuße geahndet werden.

Quelle: www.rundfunkbeitrag.de/e175/e4794/Rundfunkbeitragsstaatsvertrag.pdf [01.06.2018].

Pro Rundfunkbeitrag!

Die öffentlich-rechtlichen Programme dienen der Allgemeinheit. So wie die Schulen oder die Autobahnen. Sie folgen in ihrem Tun nicht den Profitinteressen von einzelnen Eigentümern und nicht den Vorgaben von politischen Machthabern. Sie folgen allein den Interessen der Bevölkerung, also denen ihrer Nutzer. Sie bieten deshalb Möglichkeiten der Unterhaltung, der Bildung und der Information. Meinungen werden von ihnen nicht vorgegeben, sondern in ihrer Vielfalt aufgezeigt. Dadurch schaffen sie die Möglichkeit zur eigenen Urteilsbildung. Ohne sie kann Demokratie nicht funktionieren. Erst der verpflichtende Rundfunkbeitrag macht dies möglich. Er verschafft den Programmgestaltern die Unabhängigkeit, sich ausschließlich an den Interessen aller Bevölkerungsteile zu orientieren. Darüber wachen zusätzlich Aufsichtsräte, die aus Vertretern von Politik und Gesellschaft bestehen. Deshalb: Ja zum Rundfunkbeitrag.

Kontra Rundfunkbeitrag!

Der Rundfunkbeitrag ist eine Zwangsabgabe: Jeder muss zahlen. Zahlt er nicht, wird er bestraft. Ob ihm das Programm gefällt oder nicht, spielt keine Rolle! Dadurch können die Programmgestalter schalten und walten, wie sie wollen: Ihre Einnahmen sind ja gesichert. Der TV-Zuschauer oder der Radiohörer wird entmündigt: Er kann nicht durch die Ausschaltung seines Geräts gegen das laufende Programm Einspruch erheben. Die Einschaltquote hat keine finanziellen Konsequenzen. Er muss hinnehmen, welche Ereignisse einzelne Redakteure für berichtswert erachten und mit welchem Kommentar sie diese versehen. Über die Aufsichtsräte verschaffen sich die Parteien zugleich Einfluss auf die Programmgestaltung und können auf diesem Weg Einfluss auf die Meinungsbildung der Mediennutzer nehmen. Der Rundfunkbeitrag schafft nicht mehr, sondern weniger Demokratie, deshalb gehört er abgeschafft.

1. Beziehen Sie selbst Stellung und stimmen Sie in Ihrer Klasse ab.

2. Für die Übertragungsrechte von Sportveranstaltungen (z. B. Olympische Spiele oder Fußballspiele) sind die Kosten erheblich gestiegen. Diskutieren Sie die Forderung, dass der öffentliche Rundfunk diese deshalb aus seinem Programm streichen soll.

7.4 Kritisch bleiben

Pressefreiheit

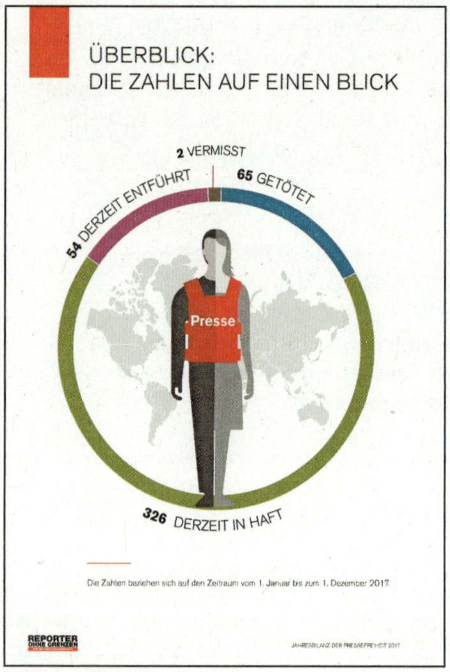

Grundgesetz Artikel 5

(1) Jeder hat das Recht, seine Meinung in Wort, Schrift und Bild frei zu äußern und zu verbreiten und sich aus allgemein zugänglichen Quellen ungehindert zu unterrichten. Die Pressefreiheit und die Freiheit der Berichterstattung durch Rundfunk und Film werden gewährleistet. Eine Zensur findet nicht statt.

(2) Diese Rechte finden ihre Schranken in den Vorschriften der allgemeinen Gesetze, den gesetzlichen Bestimmungen zum Schutze der Jugend und in dem Recht der persönlichen Ehre.

■ **1. Erläutern Sie die Kernaussage der Karikatur.**

■ **2. Diskutieren Sie Gründe für die Einschränkung der Pressefreiheit.**

■ **3. Ein Richterspruch des Europäischen Gerichtshofs für Menschenrechte schränkt Presseberichte über das Privatleben von Prominenten stark ein. Viele sehen darin eine unzulässige Einschränkung der Pressefreiheit, weil die Menschen ein Anrecht darauf hätten, auch über eventuelle private Verfehlungen Prominenter informiert zu werden. Wie ist Ihre Auffassung?**

Der eigene Verstand

Dass sich die sozialen Medien [...] hervorragend zum Posten von Hassbotschaften eignen, hat sich herumgesprochen, aber erst in jüngerer Zeit dienen sie der millionenfachen Verbreitung von Fake-News, also von Lügen und Social Bots, die solche massenhaft posten. Selbst derjenige, dem die Warnungen [...], demnächst werde sich die Welt in eine Lügenhölle und Gerüchteküche verwandeln, hysterisch erscheinen, kann die Gefahren gezielter Falschinformationen nicht bestreiten. [...]

Mit freiwilliger Selbstkontrolle ist dem nicht beizukommen. Und eine zwangsweise Fremdkontrolle – also Zensur – wird nur verlangen, wer die faktische Beschränkung der Meinungsfreiheit billigend in Kauf nimmt. Den Usern der sozialen Medien wird also nichts anderes übrig bleiben, als Tag für Tag auf das gleiche Instrument zurückzugreifen, das sich bis heute nicht nur den Lesern von Zeitungen, sondern jedermann als probates [bewährtes] Mittel der Wahrheitsfindung empfiehlt. Der Aufklärer Immanuel Kant hat es so beschrieben: „Habe Mut, dich deines eigenen Verstandes zu bedienen!"

Quelle: Bommarius, Christian: Kommentar 60 Jahre Presserat – Ach ja, die Lügenpresse. In: berliner-zeitung.de. 01.12.2016. www.berliner-zeitung.de/politik/kommentar-60-jahre-presserat-ach-ja--die-luegenpresse-25199894 [11.05.2018].

■ **4. Erläutern Sie die Kernaussage des Autors.**

___

___

___

8 Wahlen

8.1 Sich einmischen?

„Cybermobbing“ – ist das Smartphone eine neue Art von Waffe?

Mobbing in der Klasse beginnt, wenn ein Schüler über einen anderen ständig und absichtlich schlecht redet. Sein Ziel: Er will ihn verächtlich machen, ihn aus der Klassengemeinschaft ausschließen. Hinter diesem Verhalten versteckt sich zumeist das Bedürfnis des Angreifers, sein eigenes Ansehen bei den Mitschülern zu stärken. Stößt er mit seinen Attacken auf Zuspruch und kann das Opfer das Geschehen allein nicht beenden, wird von Mobbing gesprochen. Durch die „sozialen Medien“ hat sich das Mobbing zum „Cybermobbing“ verschärft. Ein Schüler kann seinen Namen im Netz verschleiern und einen anderen anonym beleidigen: Das Opfer weiß nicht, wer es angreift. Die Verunglimpfung kann auf vielfältige Art erfolgen. Beispielsweise durch einen lügenhaften Text, ein manipuliertes Bild oder ein die Intimität verletzendes, heimlich gedrehtes Video. Über die Netzgruppe der Klasse und die weiteren Kontakte der einzelnen Mitglieder kann die Verunglimpfung breit gestreut werden. Das Opfer weiß nicht, wer alles von den Verleumdungen Kenntnis hat. Durch kommentierende Antworten Dritter können die Verunglimpfungen zusätzlich aufgebauscht werden: Viele nutzen das Mobbingopfer als Sündenbock, um an ihm die eigenen Aggressionen auszutoben. Aus Angst, selbst Mobbingopfer zu werden, sinkt die Bereitschaft anderer, dem Opfer beizustehen. Das Ziel des Angreifers ist erreicht: Der „Gemobbte“ wurde ausgegrenzt und trägt sich nicht selten mit Selbstmordgedanken. Das Smartphone ist zu einer neuen Art von Waffe geworden.

1. Diskutieren Sie die Behauptung, das Smartphone sei zu einer neuen Art von Waffe geworden.

2. Erstellen Sie Verhaltensregeln, die Ihre Klasse vor Cybermobbing schützt (Hilfe unter: www.mediennutzungsvertrag.de).

3. Recherchieren Sie im Strafgesetzbuch (§§ 185–189, 201), welche Grenzen der Staat für das Zusammenleben seiner Bürger setzt (www.gesetze-im-internet.de/stgb).

8.2 Wer soll entscheiden?

Direkte Demokratie

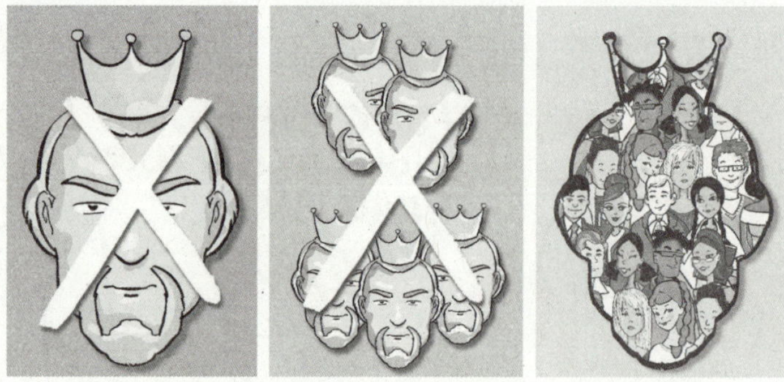

1. Erläutern Sie den Inhalt der Zeichnung.

____

____

Der Begriff „Demokratie" (von griechisch *demos*: Volk; und *kratein*: herrschen) bedeutet „Volksherrschaft". Nicht einfach ein König oder eine kleine Gruppe soll allen sagen, wo es lang geht und was als Recht (z. B. Strafe für Beleidigung) gelten soll. Nein, das Volk als Gemeinschaft soll das tun können.

Im antiken Athen trafen sich die wahlberechtigten Bürger auf dem Marktplatz (Agora) und berieten darüber, was als Recht in ihrem Stadtstaat (Polis) gelten soll. Anschließend wurde darüber in der Volksversammlung abgestimmt. Eine solche Form der Herrschaftsausübung wird als direkte, unmittelbare oder auch plebiszitäre (lat. Plebiszit = Volksbeschluss) Demokratie bezeichnet. Auch heute noch gibt es auf vielen Ebenen die Möglichkeit einer Volksabstimmung.

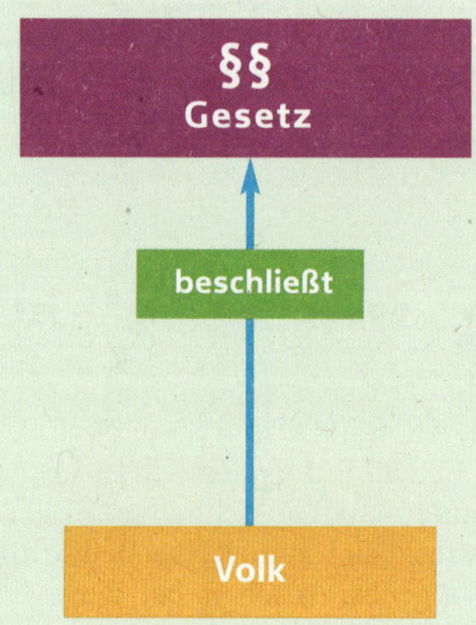

2. Erläutern Sie die Botschaft, die Zeichnerin mit ihrem Bild überbringt.
3. Diskutieren Sie Pro und Kontra einer direkten Demokratie.

Pro

____

____

____

____

Kontra

____

____

____

____

Indirekte Demokratie

Volksabstimmungen kosten viel Zeit und Geld. So müssen Anträge (z.B. Smartphoneverbot in Schulen) im Volk diskutiert und die Stimmabgabe organisiert werden. Deshalb wählt in modernen Demokratien das Volk Abgeordnete, die als Volksvertreter (Repräsentanten) die Gesetze beraten und beschließen. Sie können sich voll der politischen Arbeit widmen und sich gründlich auch mit schwierigen politischen Sachverhalten auseinandersetzen. Dies würde den durchschnittlichen Bürger in der Regel überfordern, sodass er auf diesem Weg auch eine Entlastung erfährt. Eine solche Form der Herrschaftsausübung wird als indirekte, mittelbare oder auch repräsentative Demokratie bezeichnet.

Der Bundestag – das Parlament der Deutschen
Die Bundesgesetze werden vom Bundestag beschlossen.
Grundgesetz Art. 77 (1)
Die Abgeordneten des Deutschen Bundestages werden ... gewählt. Sie sind Vertreter des ganzen Volkes, an Aufträge und Weisungen nicht gebunden und nur ihrem Gewissen unterworfen.
Grundgesetz Art. 38 (1)
Die Abgeordneten haben Anspruch auf eine angemessene, ihre Unabhängigkeit sichernde Entschädigung. Sie haben das Recht der freien Benutzung aller staatlichen Verkehrsmittel.
Grundgesetz Art. 48 (3)

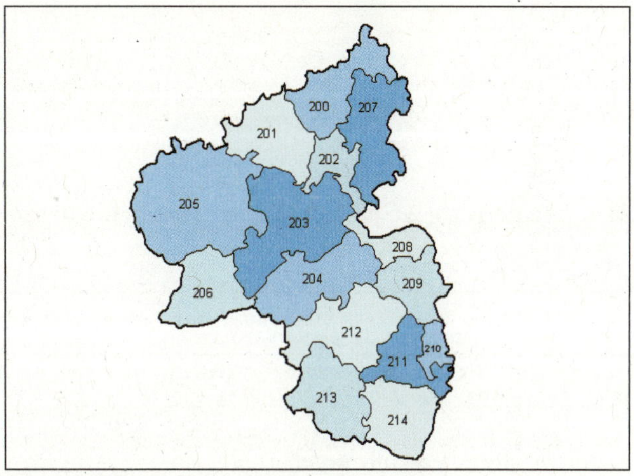

Bundestagswahlkreise in Rheinland-Pfalz

1. Recherchieren Sie den Bundestagsabgeordneten Ihres Wahlkreises (bundestag.de/abgeordnete/wahlkreise).
2. Erläutern Sie die Rolle eines Bundestagsabgeordneten.

---

3. Auf welche Gefahr macht die Zeichnung aufmerksam?
4. Diskutieren Sie Pro und Kontra einer indirekten Demokratie.

Pro

____

____

____

Kontra

____

____

____

8.3 Machtmissbrauch verhindern

Gewaltenteilung

Politische Macht ist wichtig. Ohne Macht können Regelungen wie der Schutz von Jugendlichen in der Gesellschaft nicht durchgesetzt werden. Politische Macht kann aber auch gefährlich sein, nämlich dann, wenn sie sich in den Händen weniger anhäuft und nicht mehr der Kontrolle des Volkes unterliegt. Um diese Gefahr abzuwehren, ist die Staatsgewalt zwischen den Organen Parlament, Regierung und Rechtsprechung aufgeteilt. Sie sollen sich gegenseitig kontrollieren und in der Machtausübung die Waage halten.

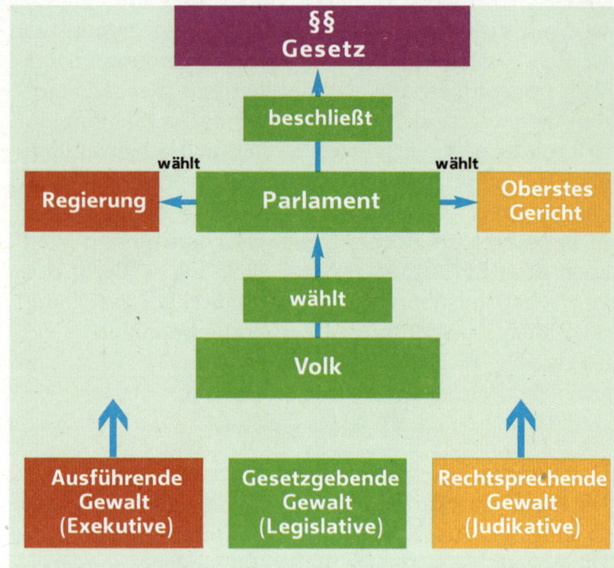

1. Erläutern Sie die Bedeutung der Gewaltenteilung.

2. Setzen Sie die richtigen Begriffe ein.

1. Wie heißt das Exekutivorgan?
2. Welcher Staatsgewalt ist das Parlament zuzuordnen?
3. Welche Staatsgewalt verkörpert die Gerichtsbarkeit?
4. Welches Staatsorgan wählt die Regierung?
5. Welches Staatsorgan verkörpert die Gesetzgebung?

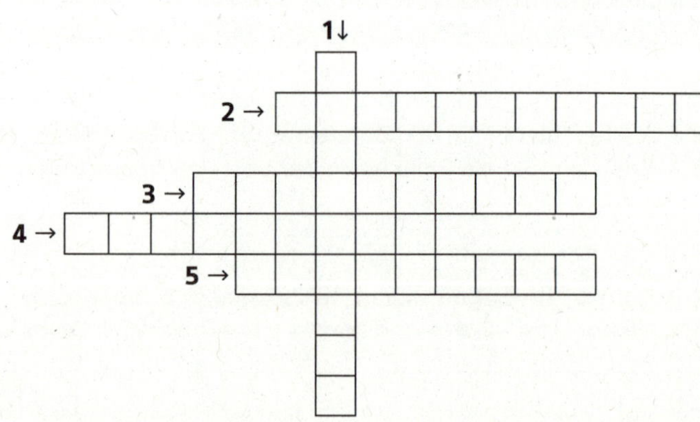

3. Interpretieren Sie die Karikatur.

8.4 Schule geht uns an

Schülermitverantwortung

Möglichkeiten
Grenzen

■ **1. Beziehen Sie zu der Karikatur Stellung.**
■ **2. Zeigen Sie Möglichkeiten und Grenzen der Mitbestimmung von Schülern in der Schule auf.**

§ 28 (1) Die Klassenversammlung hat die Aufgabe, in allen Fragen der Schülervertretung, die sich bei der Arbeit der Klasse ergeben, zu beraten und zu beschließen; sie fördert die Zusammenarbeit zwischen den Schülern und den Lehrern der Klasse. Der Klassenleiter unterrichtet die Klassenversammlung über Angelegenheiten, die für die Klasse von Bedeutung sind.
§ 28 (2) Die Klassenversammlung besteht aus den Schülern der Klasse. Sie wählt aus ihrer Mitte den Klassensprecher. Der Klassensprecher vertritt die Schüler der Klasse gegenüber dem Klassenleiter, den sonstigen Lehrern der Klasse und dem Schulleiter.
§ 29 (1) Die Klassensprecherversammlung ist für alle Fragen der Schülervertretung zuständig, welche die Schule in ihrer Gesamtheit angehen. Der Schulleiter unterrichtet die Klassensprecherversammlung über Angelegenheiten, die für die Schule von allgemeiner Bedeutung sind.
§ 29 (2) Die Klassensprecherversammlung besteht aus den Klassensprechern aller Klassen der Schule. Sie wählt aus den Schülern den Schülersprecher und dessen Stellvertreter oder einen aus dem Schülersprecher und in der Regel bis zu zwei Stellvertretern bestehenden Vorstand der Schülervertretung. Der Schülersprecher ist der Vorsitzende der Klassensprecherversammlung. Er vertritt allein oder, im Fall der Wahl eines Vorstands der Schülervertretung, gemeinsam mit seinen Stellvertretern die Klassensprecherversammlung.
§ 29 (3) An berufsbildenden Schulen, die mehrere Schulformen umfassen, bestehen Klassensprecherversammlungen für die jeweiligen Schulformen; die Klassensprecherversammlungen wählen jeweils aus ihrer Mitte einen Vorsitzenden. Die Vorsitzenden der Klassensprecherversammlung und ihre Vertreter wählen aus ihrer Mitte den Schülersprecher.
§ 29 (4) Die Schülerversammlung berät im Einzelfall über schulische Angelegenheiten, die für die Schüler von besonderer Bedeutung sind.

Quelle: Landesgesetz über die Schule in Rheinland-Pfalz vom 6. November in der Fassung des 9. Änderungsgesetzes vom 10. Januar 1996.

■ **3. Zeichnen Sie ein Schaubild über den Aufbau der Schülervertretung in Rheinland-Pfalz.**

8.5 Faire Wahlen

Wahlgrundsätze

Wahlen verschaffen dem Bürger die Möglichkeit,
- sich am politischen Prozess zu beteiligen (Partizipationsfunktion),
- andere zur Ausübung politischer Macht zu berechtigen (Legitimationsfunktion) und
- die derzeit Herrschenden wieder abzusetzen (Kontrollfunktion).

Voraussetzung:
- Es gibt mehrere unterschiedliche Wahlvorschläge.
- Alle Bewerber haben die gleiche Chance, sich bekannt zu machen.
- Die Stimmabgabe ist geheim.
- Die Wahlen werden in Zeitabständen wiederholt.

1. In Diktaturen (eine Person, der Diktator, hat die Herrschaft) werden oft Wahlen zum Schein durchgeführt. Erläutern sie, was darunter zu verstehen ist!

2. Nennen Sie die Aufgaben, die Wahlen in einer Demokratie haben.

3. Geben Sie die Bedingungen an, unter denen Wahlen wirklich fair sind.

 86 030

8.6 Wer mitmachen darf

Wahlrecht

Wer darf den Bundestag wählen? (Aktives Wahlrecht)	Wer darf für den Bundestag gewählt werden? (Passives Wahlrecht)
Alle Deutschen, die • am Wahltag das 18. Lebensjahr vollendet haben, • seit mindestens drei Monaten in der Bundesrepublik Deutschland eine Wohnung innehaben oder sich sonst gewöhnlich aufhalten und • nicht vom Wahlrecht ausgeschlossen sind.	Alle Deutschen, die • am Wahltag das 18. Lebensjahr vollendet haben, • seit mindestens einem Jahr Deutscher im Sinne des Artikels 116 Abs. 1 des Grundgesetzes sind (Besitz der deutschen Staatsangehörigkeit).

1. Erläutern Sie den Unterschied zwischen dem aktiven und dem passiven Wahlrecht.

____

____

2. Betrachten Sie die Grafik und ergänzen Sie den Lückentext.

Wer seit mindestens acht Jahren in Deutschland lebt und eine gültige Aufenthaltserlaubnis hat, kann in der Regel ohne weitere Hürden deutscher Staatsbürger werden. Diesen Weg ging die Mehrheit der Ausländer, die im Jahr 2016 die deutsche Staatsangehörigkeit erhielten. Insgesamt wurden ____________________ Menschen eingebürgert. Darunter waren ____________________ Türken, 6 632 ____________________ und 3 553 ____________________. Die Zahl der Einbürgerungen erreichte im Jahr ____________________ einen Höhepunkt. Gegenüber dem Jahr 1990 hatte sie sich bis zu diesem Jahr ____________________. 1990 trat das neue Einbürgerungsgesetz in Kraft, das Einbürgerungen für Ausländer erleichterte. Seitdem ____________________ die Zahl der Einbürgerungen wieder. Im Jahr 2008 betrug sie ____________________.

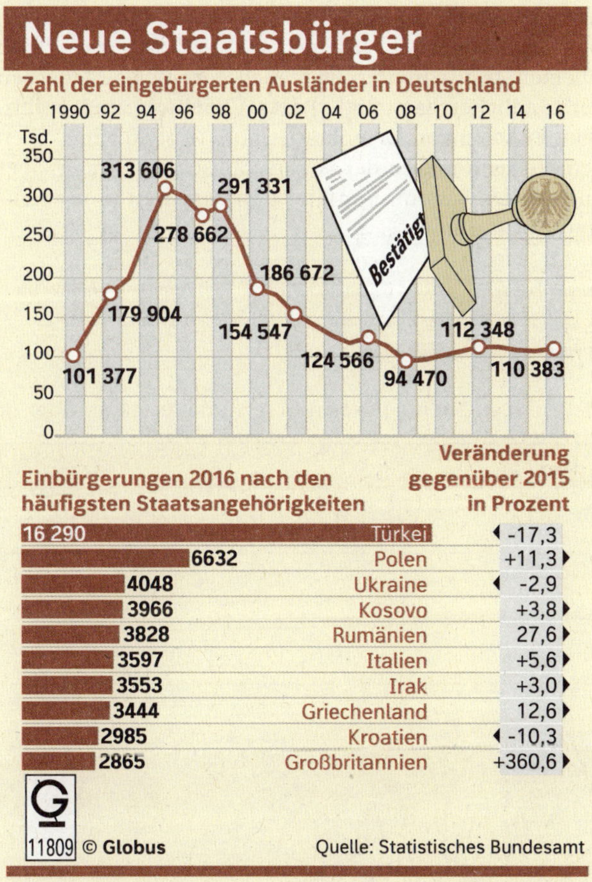

3. Stellen Sie die Vorteile dar, die es den hier lebenden Ausländern bringt, wenn sie die deutsche Staatsangehörigkeit annehmen.

4. Diskutieren Sie mögliche Gründe, weshalb viele Ausländer von dieser Möglichkeit keinen Gebrauch machen.

Wo bleibt die Jugend?

DEINE STIMME ZÄHLT
NUR WENN DU EINE HAST

Das Wahlalter bei Kommunal- und Landtagswahlen auf 16 Jahre herabsetzen?

[...] Ein Beschluss des rheinland-pfälzischen Schülerlandtages forderte 2010 die Herabsetzung des Wahlalters auf 16 Jahre. [...] In den Bundesländern, in denen junge Menschen mit 16 Jahren wählen dürfen, ist die Wahlbeteiligung bei Erst- und JungwählerInnen überdurchschnittlich hoch. [...] Wer junge Menschen für unsere Demokratie begeistern möchte, muss auf ihre Stimme hören. [...] Damit junge Menschen ihr Wahlrecht verantwortlich ausüben können, müssen sie mehr Möglichkeiten bekommen, sich im Vorfeld umfassend zu informieren und vorzubereiten. Dazu gehört auch, dass die Politik Themen transparenter und auch für junge Menschen verständlicher darstellt.[...] Das Vermitteln und praktische Einüben von Demokratie muss in allen Kitas, allen Schulformen und in der außerschulischen Bildung, aber auch in den Kommunen und den Familien eine wichtige Rolle spielen. [...]

Quelle: Landesjugendring Rheinland-Pfalz e. V.: Petition – Wahlalter ab 16 in RLP. In: www.openpetition.de/petition/online/wahlalter-ab-16-in-rlp#petition-main [25.05.2018].

Gegenstimmen

– [...] Traurig aber wahr selbst in einem Gymnasium haben die Schüler keine unabhängige Meinung. Allgemeinbildung? Fehlanzeige! In meiner Kursstufe (!) könnten Ihnen vermutlich nicht einmal 50 % sagen, wer Innenminister ist, geschweige denn die Bundesländer aufzählen! Und so jemand soll wählen dürfen?
– [...] Bevor man über die Absenkung des Wahlalters nachdenkt, sollte man die politische Bildung in der Schule verpflichtend machen, früher damit beginnen und eine erhöhte Stundenzahl hierfür einsetzen. Hierzu zählen neben dem Sozialkundeunterricht auch der Geschichts- und der Religionsunterricht.
– [...] Erst wenn ich für mein en eigenen Lebensunterhalt sorge und nicht nur vom Vater Staat oder Mama und Papa lebe, [...] kann [ich] mir eine Meinung bilden.
– [...] einige Jugendliche unter 18 werden werden von ihren Eltern beeinflusst oder gezwungen zu wählen und das verfälscht nur das Ergebnis.

Quelle: Landesjugendring Rheinland-Pfalz e. V.: Debatte zu Wahlalter ab 16 in RLP – Pro & Contra. In: www.openpetition.de/petition/argumente/wahlalter-ab-16-in-rlp [25.10.2018].

1. Stellen Sie die jeweiligen Argumente gegenüber und entscheiden Sie sich.

Pro	Kontra

2. Erläutern Sie den Spott der Karikatur.

____

____

____

____

____

____

8.7 Konkurrenz belebt das Geschäft

Parteien

„Parteien sind freie Zusammenschlüsse gleichgesinnter Bürgerinnen und Bürger, die für die Lösung politischer Probleme programmatische Vorschläge machen und Kandidaten für Parlamentsmandate und Regierungsämter aufstellen, um nach erfolgreicher Wahl dort ihr Programm in die Wirklichkeit umzusetzen."

Quelle: Jasper, Gotthard; Besson, Waldemar: Das Leitbild der modernen Demokratie. Bonn: Bundeszentrale fur Politische Bildung 1990.

Junge Union (CDU und CSU)

Wir [nehmen] die Menschen an, so wie sie Gott in ihrer Unterschiedlichkeit geschaffen hat. Wir setzen uns für die Schwächeren ein und lehnen Gleichmacherei ab. Wir sind [...] konservativ und fortschrittlich [...] weil wir [...] an Bewährtem festhalten und für Neues streiten, wenn wir es als besser erkannt haben. Die JUNGE UNION steht für ein christlich geprägtes Menschenbild, einen freiheitlichen Rechtsstaat sowie die Soziale Marktwirtschaft.

Quelle: JUNGE UNION Deutschlands: Erfahre mehr über die Junge Union Deutschlands. In: www.junge-union.de/ueber-uns/ [01.06.2018].

Jungsozialisten (SPD)

Wir wollen, dass die Menschen auf eine andere Art als heute zusammenleben und arbeiten können. Wir sind der Meinung, dass nicht die Herkunft über die Chancen eines Menschen entscheiden sollte, sondern die eigenen Fähigkeiten. Und damit das so ist, befürworten wir einen starken Solidarstaat, der das Geld bei denen einnimmt, die mehr als genug haben, und damit diejenigen fördert, die Unterstützung benötigen. [...] Unsere Grundwerte sind Freiheit, Gerechtigkeit und Solidarität.

Quelle: Arbeitsgemeinschaft der Jungsozialistinnen und Jungsozialisten in der SPD (Jusos): Über uns. In: www.jusos.de/wir-jusos/ueber-uns/ [01.06.2018].

Junge Grüne (Bündnis 90/Die Grünen)

Wir sind ökologisch, sozial, basisdemokratisch, emanzipatorisch, antirassistisch, antinational, gewaltfrei, globalisierungs- und kapitalismuskritisch und denken global! [...] Wir wollen mehr als nur Denkanstöße geben und auf Probleme aufmerksam machen. [...] Wir stellen die herrschende Politik kritisch infrage und entwickeln Visionen für eine bessere Welt! [...] [Wir sind] geprägt von der Erkenntnis, dass das Private politisch und das Politische auch privat ist.

Quelle: Grüne Jugend Bundesverband: Selbstverständnis und Grundsätze der Grünen Jugend, S. 1. In: gruene-jugend.de/wp-content/uploads/2015/11/Selbstverstaendnis.pdf [01.06.2018].

Junge Liberale (FDP)

Im Zeitalter von Globalisierung und Informationstechnologie wollen wir dafür sorgen, dass der Mensch und seine Freiheit Maßstab in Politik, Gesellschaft und Wirtschaft bleiben. [...] Freiheit bedeutet [...], dass Menschen in ihrer Lebenswirklichkeit selbstbestimmt und eigenverantwortlich zusammenleben können. [...] Wo Interessen von Menschen kollidieren, müssen Lösungen gefunden werden, die ein Höchstmaß an Selbstbestimmung und Eigenverantwortung aller Beteiligten gewährleisten.

Quelle: Junge Liberale e. V.: Humanistischer Liberalismus 2.0. In: www.julis.de/politik/beschluesse/grundsatzprogramm/ [01.06.2018].

linksjugend ['solid] (Die Linke)

Inmitten all dieses Elends [z. B. Arbeitslosigkeit] bereichern sich einige wenige am Leid der anderen, leben in unvorstellbarem Luxus und tun alles dafür, dass sich daran auch in Zukunft nichts ändert. [...] Wir müssen die Gesellschaft anders organisieren, also die Art und Weise, wie entschieden, produziert und verteilt wird, ändern. Dafür müssen wir uns den Betrieb, unsere Städte und Straßen zurückholen. Wir kämpfen für die Demokratisierung aller Lebensbereiche, damit die Menschen über alles, was ihr Leben betrifft, selbst entscheiden können.

Quelle: Linksjugend ['solid]: Verband - Wer wir sind und was wir wollen. In: www.linksjugend-solid.de/verband/wer-wir-sind/ [01.06.2018].

Junge Alternative für Deutschland (AfD)

[Wir] wenden [...] uns gegen eine [...] Politik der Sprach- und Denkverbote, der Stigmatisierungen und der Anfeindungen. [...] Wir stehen für die Freiheit und das Selbstbestimmungsrecht der Völker. Für ein freies Europa der Vaterländer, losgelöst von Konzern-, Banken- oder Lobbyinteressen. Wir fordern eine neue Generation von Politikern, welche erste Diener des Staates sind und den Willen der Bevölkerung respektieren und befolgen. Wir fordern eine Politik von unten nach oben.

Quelle: Junge Alternative für Deutschland: Programm der Jungen Alternative Berlin, S. 2. In: www.jungealternative-berlin.de/wp-content/uploads/2015/10/Programm-der-Jungen-Alternative-Berlin.pdf [01.06.2018].

1. Stellen Sie die programmatischen Unterschiede dar. Informieren Sie sich im Internet genauer.

2. Diskutieren Sie die Vor- und Nachteile der Mitgliedschaft in einer Partei.

Wunschbild eines Politikers

Was wird von Politikern verlangt?

Einige Meinungen aus einer Diskussion mit Jugendlichen über Politiker:

„Politiker, die von uns gewählt werden wollen, müssen uns auch mögen und nicht ständig über uns herziehen. Wer Jugendliche für blöd hält, der kann nicht erwarten, dass sie sich für ihn interessieren."

„Ein Politiker muss uns ernst nehmen und sich in unsere Lage hineinversetzen können. Er muss verstehen wie man sich fühlt, wenn man zwanzig Bewerbungen geschrieben hat und immer noch auf einen Ausbildungsplatz wartet."

„Ich finde solche Politiker toll, die sich locker geben, die witzige Sprüche draufhaben und nicht wie Oma und Opa daherkommen."

„Ich denke, ein Politiker muss was auf dem Kasten haben. Er hat eine große Verantwortung und sollte deshalb etwas von dem verstehen, worüber er zu entscheiden hat!"

„Ein fähiger Politiker kann auch mal so richtig draufhauen. Der traut sich, die Dinge beim Namen zu nennen und hat keine Angst, wenn er dafür in der Zeitung kritisiert wird!"

„Viele Politiker kümmern sich nur um ihre Karriere und denken nur an die große Kohle. Solche Typen kann ich überhaupt nicht leiden!"

„Ich verstehe die meisten Politiker überhaupt nicht. Die spucken nur Fremdwörter aus. Ich denke, sie sollten so reden, dass sie von Jugendlichen verstanden werden!"

„Die Politiker sollten endlich aufhören, miteinander zu streiten. Das nervt. Die sollten sich lieber zusammentun und endlich dafür sorgen, dass jeder junge Mensch einen Ausbildungsplatz erhält!"

1. Beschreiben Sie die Eigenschaften, die Jugendliche von einem Politiker erwarten.

____

____

2. Sammeln Sie weitere Meinungen in Ihrer Klasse.

____

____

____

3. Zählen Sie positive Eigenschaften auf. Begründen Sie Ihre Meinung.

____

____

____

4. Zählen Sie negative Eigenschaften auf. Begründen Sie Ihre Meinung.

____

____

____

8.8 Sie kämpfen um Ihre Stimme

Wahlkampf

■ 1. Erläutern Sie die Kritik, die der Zeichner an der Form des Wahlkampfes zwischen den Parteien übt.

■ 2. Wie beurteilen Sie das Werben der Politiker um Ihre Stimme? (Stichworte eintragen.)

	Ich finde gut, wenn sie ...	Ich finde nicht gut, wenn sie ...
Auftreten der Politiker im Fernsehen		
Umgang mit dem politischen Gegner		
Persönlicher Kontakt der Politiker mit Jugendlichen		
Werbeanzeigen der Politiker		

Wahlplakate

1. Betrachten Sie Wahlplakate der anderen Parteien (www.designtagebuch.de/die-plakate-zur-bundestagswahl-2017/).

2. Analysieren Sie die Plakate der Parteien.

a) Wie sind die Plakate gestaltet, wie sind Bilder und Texte miteinander kombiniert?	
b) Welche Informationen kann der Wähler entnehmen?	
c) Was soll durch das Plakat erreicht werden?	
d) Welche Begriffe und Symbole werden im Plakat benutzt und warum?	
e) Was nehmen die Parteien für sich in Anspruch?	
f) Ist etwas über den politischen Gegner zu erfahren?	

8.9 Parlamentssitze zuteilen

Mehrheitswahl

Das Parlament in Musterland besteht aus zehn Abgeordneten. Zur Wahl stehen zwei große Volksparteien (A-Partei und B-Partei), die schon lange im Wechsel die Regierung stellen und eine große Zahl von Mitgliedern haben. Neu steht die C-Partei zur Wahl, in der sich ein paar Kritiker der großen Parteien organisiert haben. Insgesamt sind 200 Wahlbürger zur Stimmabgabe aufgerufen. Das Land ist in zehn Wahlkreise mit einer gleichen Anzahl von Wahlbürgern aufgeteilt. In jedem Wahlkreis wurde von der jeweiligen Partei ein Kandidat zur Wahl aufgestellt. Im Wahlgesetz ist geregelt, dass die Sitze nach dem Mehrheitswahlsystem den Parteien zugeteilt werden. Danach erhält die Partei den Sitz eines Wahlkreises, die die meisten Stimmen in diesem Wahlkreis erhalten hat. Damit soll erreicht werden, dass die Bürger im Parlament ihren Abgeordneten als Person kennen, also einen direkten Ansprechpartner haben, der die Interessen des Wahlkreises vertritt.

Musterbeispiel

Wahlkreis	A-Partei	B-Partei	C-Partei	A-Partei	B-Partei	C-Partei
	Erhaltene Stimmen			Sitz des Wahlkreises		
1	12	8	0	1	0	0
2	7	13	0	0	1	0
3	5	4	3	1	0	0
4	9	10	1	0	1	0
5	8	10	0	0	1	0
6	6	7	2	0	1	0
7	7	8	1	0	1	0
8	6	4	3	1	0	0
9	15	5	0	1	0	0
10	5	6	2	0	1	0
	80	75	12	4	6	0
Gesamt		167			10	

1. **Welche Partei hat die meisten Stimmen bekommen und welche die meisten Sitze? Wie beurteilen Sie das Ergebnis?**

____

____

2. **Welche Sitzverteilung ergibt sich nach dem Mehrheitswahlsystem bei folgendem Ergebnis?**

Aufgabe Ⓐ

Wahlkreis	A-Partei	B-Partei	C-Partei	A-Partei	B-Partei	C-Partei
	Erhaltene Stimmen			Sitz des Wahlkreises		
1	10	7	1			
2	9	11	0			
3	4	5	3			
4	13	7	0			
5	9	10	0			
6	7	8	2			
7	7	4	3			
8	11	7	0			
9	4	8	3			
10	5	8	2			
Gesamt						

Verhältniswahlsystem

Die C-Partei protestiert gegen das Mehrheitswahlsystem und fordert das Verhältniswahlsystem mit dem Auszählverfahren nach Sainte-Laguë/Schepersnach (Divisorverfahren), wie es auch bei der Bundestagswahl Anwendung findet. Hierbei wird die Zahl aller abgegebenen Stimmen durch die Zahl der zu vergebenden Sitze geteilt (Divisor). Der Divisor sagt aus, wie viele Stimmen für einen Sitz notwendig sind. Anschließend wird die Zahl der Stimmen, die eine Partei erhalten hat, durch den Divisor geteilt. Durch Rundung des ermittelten Sitzanteils werden die Sitze aufgeteilt. Bei Abweichung von der Zahl der Parlamentssitze wird der Divisor zum Ausgleich erhöht bzw. gesenkt.

Musterbeispiel

		A-Partei	B-Partei	C-Partei	Gesamt
Parlamentssitze					10
Wahlberechtigt					400
Abgegebene Stimmen		150	90	40	280
Wahlbeteiligung: $\frac{\text{Abgegebene Stimmen} \cdot 100}{\text{Wahlberechtigte}}$	$\frac{280 \cdot 100}{400}$				70 %
Divisor: $\frac{\text{Abgegebene Gesamtstimmenzahl}}{\text{Parlamentssitze}}$	$\frac{280}{10}$				28
Sitzquotient der jeweiligen Partei: $\frac{\text{Stimmenanzahl}}{\text{Divisor}}$	$\frac{150}{28}$ $\frac{90}{28}$ $\frac{40}{28}$	5,36	3,21	1,43	
Auf- und Abrundung		5,00	3,00	1,00	9
Sitzzahl zu niedrig = Divisor senken Sitzzahl zu hoch = Divisor erhöhen	28 – 1 = 27				27
Sitzquotient der jeweiligen Partei: $\frac{\text{Stimmenanzahl}}{\text{Divisor}}$		5,56	3,33	1,48	
Auf- und Abrundung		6,00	3,00	1,00	10

1. Tragen Sie die entsprechenden Werte des Wahlergebnisses aus Aufgabe Ⓐ der vorigen Seite ein und berechnen Sie die Sitzverteilung.

Aufgabe Ⓑ

		A-Partei	B-Partei	C-Partei	Gesamt
Parlamentssitze					
Wahlberechtigt					
Abgegebene Stimmen					
Wahlbeteiligung					
Divisor	–				
Sitzquotient der Partei	–				
Auf- und Abrundung					
Neuer Divisor					
Sitzquotient der Partei					
Auf- und Abrundung					

2. Wägen Sie die Vorteile der Wahlsysteme ab.

Mehrheitswahl	Verhältniswahl

Bundestagswahlsystem

Die Abgeordneten des Deutschen Bundestags werden durch das Verhältniswahlsystem gewählt. Es sind jedoch zusätzlich Elemente des Mehrheitswahlsystems eingebaut (Personalisiertes Verhältniswahlsystem). Wegen dieser Kombination hat jeder Wähler zwei Stimmen, eine Erst- und eine Zweitstimme. Die Zweitstimme ist die wichtigste Stimme. Mit ihr entscheidet der Wähler, wie viele Sitze eine Partei im Bundestag erhält (Verhältniswahl). Jede Partei reicht vor der Wahl eine Kandidatenliste ein, aus der von oben nach unten die erhaltenen Sitze vergeben werden. Eine Partei, die weniger als 5 % der Stimmen erreicht, wird bei der Sitzzuteilung nicht berücksichtigt (Sperrklausel) und ihre Stimmen gehen nicht als Zählstimmen in die weitere Berechnung ein. Für die Hälfte der Sitze im Bundestag werden Wahlkreise gebildet. In ihnen kandidiert je ein Bewerber der Parteien. Wer die meisten Stimmen erhält, bekommt den Sitz zugesprochen (Mehrheitswahl). Hat ein Kandidat seinen Wahlkreis gewonnen, dann erhält er diesen Sitz auch dann, wenn seine Partei an der 5-Prozent-Klausel scheitert (Einzelmandat). Parteien, die mindestens drei Wahlkreise gewinnen, werden wie die anderen im Bundestag behandelt (Fraktionsstatus). Die Sitze, die eine Partei durch die Zweitstimme gewinnt, werden zunächst an die Bewerber vergeben, die ihren Wahlkreis gewonnen haben, die restlichen Sitze über die Kandidatenliste der Partei von oben nach unten zugeteilt. Gewinnt eine Partei mehr Wahlkreise, als ihr nach der Zweitstimme Sitze zustehen, wird das Parlament um die überzähligen Mandate erweitert (Überhangmandate). Die Gesamtzahl der Abgeordneten wird so lange erhöht, bis unter Einbeziehung der Überhangmandate eine Sitzverteilung nach dem Zweitstimmenergebnis erreicht ist.

Musterbeispiel

Partei	A-Partei	B-Partei	C-Partei	D-Partei	Gesamt
Zweitstimme	54	109	18	6	187
Prozent	29	58	10	3	100
Zählstimmen	54	109	18	0	181
Sitze nach Zweitstimme	3	6	1	0	10
Gewonnene Wahlkreise	4	1	0	0	5
Überhangmandate	1	0	0	0	1
Ausgleichsmandate	0	2	0	0	2
Listenkandidaten	0	7	1	0	8
Sitze	4	8	1	0	13

- **1. Erläutern Sie, wie die Zahlen im Musterbeispiel zustande kommen.**
- **2. Füllen Sie die Felder bei der nachfolgenden Tabelle mit den entsprechenden Werten aus.**

Aufgabe Ⓒ

Partei	A-Partei	B-Partei	C-Partei	D-Partei	Gesamt
Zweitstimme	78	83	14	6	181
Prozent					
Zählstimmen					
Sitze nach Zweitstimme					
Gewonnene Wahlkreise	2	1	2	0	5
Überhangmandate					
Ausgleichsmandate					
Listenkandidaten					
Sitze					

8.10 Der Wähler hat gesprochen

Wahlergebnisse

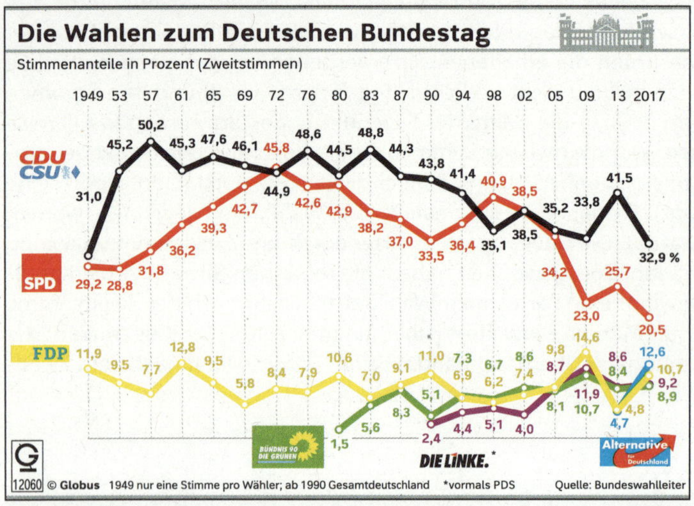

■ **1. Setzen Sie die Ergebnislinie mit der Wahl 2017 fort.**

■ **2. Kreisen Sie in der Grafik das jeweils beste (grün) und schlechteste (rot) Wahlergebnis für jede Partei ein.**

Bundestagswahl 2017	
CDUCSU	32,9 %
SPD	20,5 %
DIE LINKE	9,2 %
GRÜNE	8,9 %
FDP	10,8 %
AfD	12,6 %

Quelle: Bundeswahlleiter

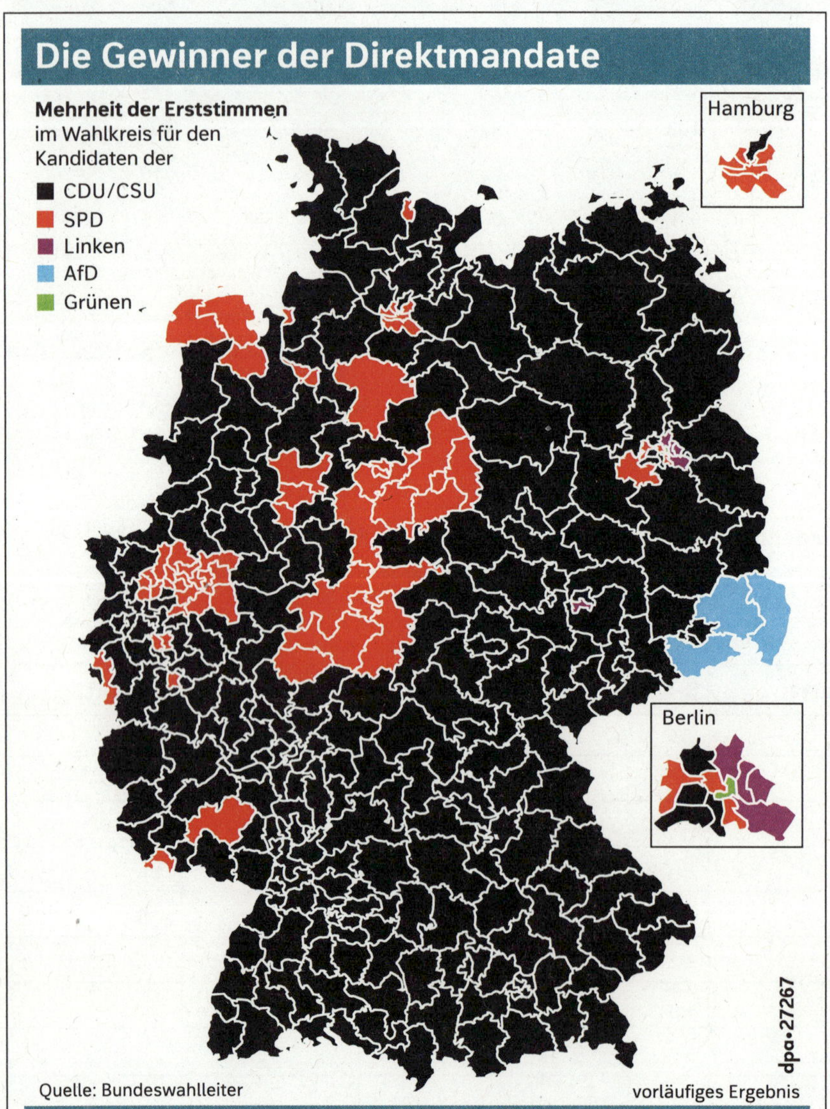

■ **3. Erläutern Sie die regionalen Besonderheiten im Wahlverhalten.**

8.11 Unser Land

Rheinland-Pfalz

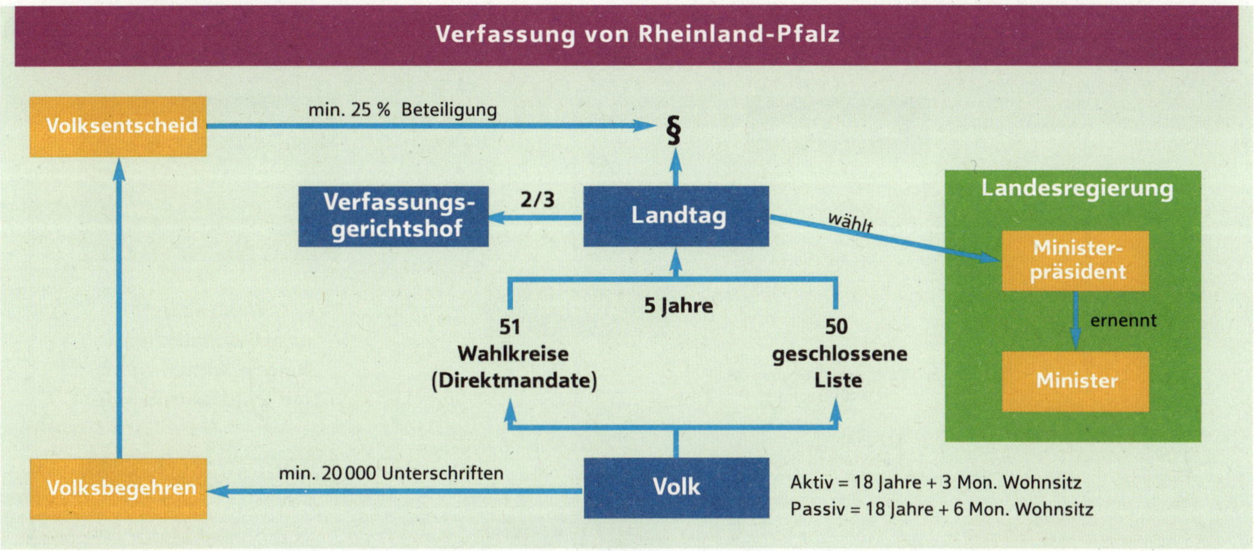

- **1. Ergänzen Sie den Lückentext mithilfe des Schaubildes.**
- **2. Erläutern Sie das Wahlergebnis von Rheinland-Pfalz.**

Das Parlament von Rheinland-Pfalz heißt ______________. Es besteht aus ______________ Abgeordneten und wird alle ______________ Jahre vom ______________ direkt gewählt. Nach dem Mehrheitswahlsystem werden ______________ Abgeordnete und nach dem Verhältniswahlsystem ______________ Abgeordnete bestimmt. Neben der indirekten Demokratie hat Rheinland-Pfalz auch ein Element der ______________ Demokratie. So kann das Volk durch ein Volksbegehren einen Volksentscheid beantragen. Dieser kommt zustande, wenn mindestens ______________ Wähler das Volksbegehren durch ihre Unterschrift unterstützen. Ein ______________ ist gescheitert, wenn weniger als ______________ % der Wahlberechtigten an der Abstimmung teilnehmen.

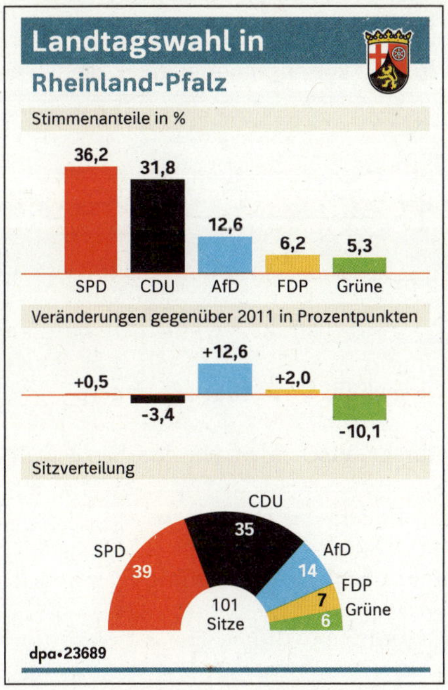

8.12 Unsere Gemeinde

Kommune

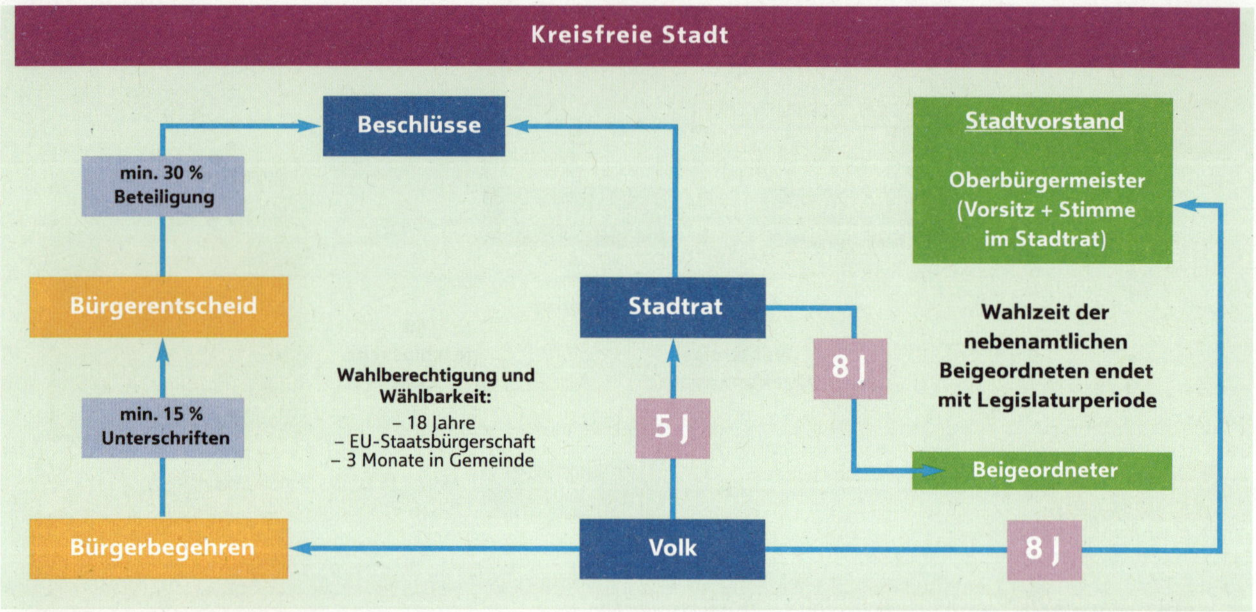

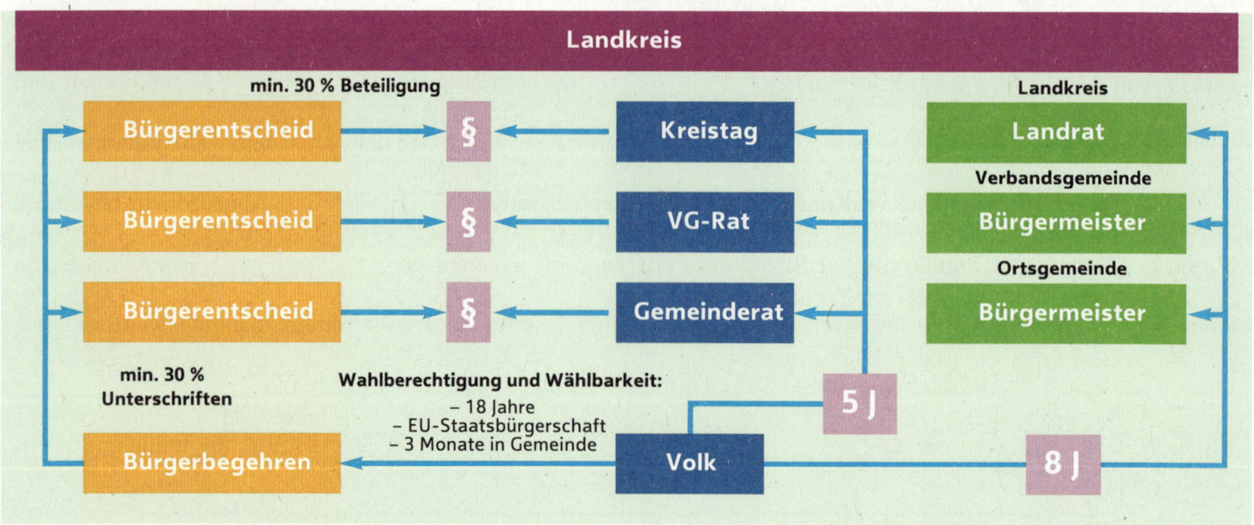

- **1. Nennen Sie die Gebietskörperschaften, in denen Sie wohnen, und kommunale Politiker, die Sie kennen.**
- **2. Ergänzen Sie den Lückentext mithilfe der Schaubilder.**

Das „Parlament" einer kreisfreien Stadt in Rheinland-Pfalz ist der ______________, das einer Ortsgemeinde in einem Landkreis der ______________. Der Kreistag ist das ______________ eines Landkreises. Die Kommunalparlamente werden alle ______________ Jahre vom ______________ direkt gewählt. Oberbürgermeister, Bürgermeister und Landräte werden ebenso vom ______________ gewählt. Ihre Amtszeit dauert ______________ Jahre. Bürger können durch einen ______________ auch direkt entscheiden, wie eine Sache in der Gemeinde geregelt werden soll. Zuvor muss jedoch ein Bürgerbegehren stattfinden, das mindestens ______________ % der Wahlberechtigten durch Unterschrift unterstützen. Ein Bürgerentscheid ist rechtsgültig, wenn sich mindestens ______________ % daran beteiligen.

Wahlverfahren

Regeln zur Wahl der Kommunalparlamente in Rheinland-Pfalz

- Jeder Wähler hat so viele Stimmen, wie Sitze zu vergeben sind.
- Jeder Wähler kann seine Stimmen direkt als Personenstimme an Kandidaten vergeben.
- Ein Kandidat kann von einem Wähler bis zu drei Personenstimmen erhalten („kumulieren").
- Die Personenstimmen dürfen auch listenübergreifend verteilt werden („panaschieren").
- Wird eine Parteiliste angekreuzt, werden die nicht direkt vergebenen Stimmen als Listenstimmen von oben nach unten an die Kandidaten verteilt.
- Werden zwei Parteilisten angekreuzt, ist der Wahlzettel ungültig.
- Ein gestrichener Kandidat erhält keine Stimmen.
- Kandidaten, die von einem Wähler schon drei Direktstimmen erhalten haben, bekommen keine Listenstimme mehr.
- Werden Kandidaten mehrfach aufgeführt, werden sie bei der Verteilung der Listenstimmen auch mehrfach berücksichtigt. Sie können aber auch dann nur insgesamt drei Stimmen erhalten.
- Die Sitze werden den Parteien nach dem Verhältniswahlsystem zugeteilt (Stimmenanteil).
- Eine Liste mit weniger als 3 % der Stimmen wird nicht berücksichtigt (Sperrklausel).
- Die Sitze, die eine Partei erwirbt, werden nach der Rangfolge der erhaltenen Wählerstimmen (Personen- und Listenstimmen) zugeteilt.

	Partei A		x			Wähler 1		Partei B				
1	~~Burg~~	~~Michael~~					1	Grün	Volker			
2	Blau	Daniela	x	x	x		2	Stein	Sascha			
3	Bauer	Ehrhard					3	Peter	Susanne			
4	Wald	Karin					4	Bäcker	Valentina			
5	Schmitt	Bernd	x				5	Afar	Steve			
6	Ost	Helena	x				6	Reibel	Simone			

	Partei A					Wähler 2		Partei B				
1	Burg	Michael	x				1	Grün	Volker	x		
2	Blau	Daniela					2	Stein	Sascha			
3	Bauer	Ehrhard	x				3	Peter	Susanne			
4	Wald	Karin					4	Bäcker	Valentina			
5	Schmitt	Bernd	x				5	Afar	Steve	x		
6	Ost	Helena					6	Reibel	Simone	x		

	Partei A		x			Wähler 3		Partei B		x		
1	Burg	Michael					1	Grün	Volker			
2	Blau	Daniela					2	Stein	Sascha			
3	Bauer	Ehrhard					3	Peter	Susanne			
4	Wald	Karin					4	Bäcker	Valentina			
5	Schmitt	Bernd					5	Afar	Steve			
6	Ost	Helena					6	Reibel	Simone			

1. Welcher Wähler hat panaschiert?	
2. Bei welchem Kandidaten wurde kumuliert?	
3. Welcher Kandidat ist von der Vergabe einer Listenstimme ausgeschlossen?	
4. Welcher Kandidat erhält eine Listenstimme?	
5. Welcher Kandidat erhält keine Listenstimme, weil er das Stimmmaximum erreicht hat?	
6. Welcher Wahlzettel ist ungültig?	
7. Wie viele Sitze stehen den Parteien zu, wenn nur diese drei Wahlzettel abgegeben wurden?	

8.13 Mitmachen statt zuschauen

Neue Beteiligungsformen

1985 führte der Landtag Rheinland-Pfalz als erstes Parlament in Deutschland einen Schüler-Landtag ein. Das parlamentarische Rollenspiel hat sich in den vergangenen Jahrzehnten zu einem anspruchsvollen Projekt der politischen Bildung entwickelt, mit dem Jugendliche direkt Einfluss auf die Landespolitik nehmen können. Vier [ausgewählte] Schulklassen aus verschiedenen Schularten und unterschiedlichen Regionen des Landes bilden vier „Fraktionen". Sie beraten Anträge zu landespolitischen Themen, die sie zuvor in ihren Schulen intensiv vorbereitet und selbst ausgearbeitet haben [Jede Klasse wählt hierzu ein Thema aus und bearbeitet es bis zu zwölf Wochen]. Die Beratungen im Plenarsaal des Landtags, die stenografisch protokolliert werden, enden jeweils mit einer Abstimmung über die einzelnen Anträge. Die Beschlüsse des Schüler-Landtags werden an die zuständigen Fachausschüsse zur weiteren Behandlung überwiesen. An den öffentlichen Ausschusssitzungen nehmen auch die Mitglieder des Schüler-Landtags teil [...] In den zurückliegenden Jahren wurden unter anderem folgende Anträge im Schüler-Landtag behandelt:

- Herabsetzung der Altersgrenze für die Fahrerlaubnis zum Führen eines Pkw auf 16 Jahre
- Abschaffung sämtlicher Tierversuche für medizinische und kosmetische Zwecke
- Aussetzung der Wehrpflicht und Einführung einer Freiwilligenarmee
- Härtere Strafmaßnahmen gegen jugendliche Straftäter und Rechtsextremisten
- Beschleunigung des Atomausstiegs
- Jugendliche am politischen Leben beteiligen
- Verbesserung der Mobilität Jugendlicher im ländlichen Raum
- Rezeptfreie Abgabe der Pille danach mit dem Wirkstoff Levonorgestrel
- Verbrauchergerechte Kennzeichnung von Lebensmitteln

Quelle: Landtag Rheinland-Pfalz: 34 Jahre Schüler-Landtag Rheinland-Pfalz. In: www.jugend-im-landtag.rlp.de/de/schuelerlandtag/index.php?thisID=11 [01.06.2018].

Jugendparlamente und Jugendforen gibt es in vielen Gemeinden. Sie werden von den örtlichen Jugendlichen gewählt, können ihre Themen frei bestimmen und sich durch eigene Anträge in die Gemeindepolitik einbringen. Ziel dieser Einrichtungen ist es, junge Menschen an die Politik heranzuführen.

JES Jung.Eigenständig.Stark. Die Jugendstrategie in Rheinland-Pfalz	1. [...] Förderung all jener junger Menschen, die beispielsweise über Jugendsozialarbeit, Schulsozialarbeit, JugendScouts in Schule, Ausbildung und Beruf beziehungsweise im Übergangssystem eine besondere Unterstützung brauchen. 2. [...] Rahmenbedingungen sichern und ausbauen (z. B. über Jugendzentren, Jugendtreffs im öffentlichen Raum, Angebote der Jugendverbandsarbeit), damit die Jugendlichen Raum und Zeit haben, eigene Ideen zu entwickeln, ihren Interessen nachzugehen und ebenso im Interesse einer gesellschaftlichen Zukunft auch angeregt werden, neue Wege zu gehen. 3. [...] Stärkung der Partizipation [= Teilhabe] und damit des demokratischen Gemeinwesens. Junge Menschen brauchen einen sichtbaren Ausdruck dafür, dass sie als Bürgerinnen und Bürger ernst genommen werden. Und das bedeutet eine konsequente Beteiligung in allen Bereichen und auf allen Ebenen, die sie betreffen. In diesem Sinne sind die Mitbestimmungsmöglichkeiten junger Menschen weiter zu stärken.

Quelle: Ministerium für Familie, Frauen, Jugend, Integration und Verbraucherschutz des Landes Rheinland-Pfalz: JES! Jung. Eigenständig. Stark. – Die Jugendstrategie in Rheinland-Pfalz. In: mffjiv.rlp.de/de/themen/kinder-und-jugend/jes-eigenstaendige-jugendpolitik/jugendstrategie-jes [27.05.2018].

1. Recherchieren Sie, ob es in Ihrer Nähe eine kommunale Interessenvertretung für Jugendliche gibt (http://ejp.medienbildung-rlp.de/karte/jugendbeteiligung-in-rheinland-pfalz).

2. Diskutieren Sie Wege, um Jugendliche zu motivieren, sich am politischen Prozess aktiv zu beteiligen (www.jugend.rlp.de/partizipation/partizipation).

Bildquellenverzeichnis

AdobeStock.com: U1 (Syda Productions), 9.1 (PhotoMan), 9.2 (Scanrail), 9.3 (arsdigital), 9.4 (Banana Republic), 9.5 (Jeannette Dietl), 9.6 (Scanrail), 12.1 (ryanking999), 19.1 (eyetronic), 19.2 (Dusko), 19.3 (fotomek), 19.4 (wildworx), 24.1 (Robert Neumann), 32.1 (AlterFalter), 34.1(Eugenio Marongiu), 43.1 (Schuppich), 44.1 (Robert Kneschke) 57.1 (annett999), 66.1 (Andrey Popov)
AfD, Berlin: S. 115.7
ARD/ZDF-Langzeitstudie Massenkommunikation: 93.1
AVERY DENNISON ZWECKFORM Office Products Europe GmbH: 45.1
Bank-Verlag GmbH, Köln: 40, 41, 42, 50
Bergmoser + Höller Verlag AG, Aachen: 112.2
Bundeszentrale für politische Bildung/bpb: 99.2 (Forschen mit GrafStat, www.bpb.de/grafstat, 2017), 103.1 (ARD/ZDF-Langzeitstudie Massenkommunikation)
BÜNDNIS 90/DIE GRÜNEN: 115.4
CDU Deutschlands, Berlin: 115.3
CDU Rheinland-Pfalz: 118.2
comdirect bank Aktiengesellschaft, Quickborn: 28.1
CSU – Christlich-Soziale Union in Bayern e.V.: 115.2
datenschutz cert GmbH: 15.5
Deutsche Bundesbank, Frankfurt: 20 (alle)
Deutsche Postbank AG, Bonn: 45.2, 48.1
Deutscher Sparkassen- und Giroverband e. V., Berlin: 52.1, 53.1-3
DIE LINKE, Berlin: 115.6
dpa Infografik GmbH, Hamburg: 18.1, 27.1-2, 33.1, 69.1, 70.2, 87.2, 113, 122.1, 122.2, 123.1, 123.2
dpa Picture-Alliance GmbH, Frankfurt: 16.1, 46.1, 100.1-3 (Associated Press), 112.1 (FFM)
EHI Retail Institute GmbH: 15.6
EURO Kartensysteme GmbH, Frankfurt: 47.1-2, 47.6
FDP, Berlin: 115.5
Fotolia.com: 21.1 (Franz Pfluegl), 49.1 (T. Michel), 58.1. 60.2 (Anatoly Tiplyashin), 58.2, 60.1. 61.1 (Yuri Arcurs), 61.2 (Tyler Olson), 61.3 (Martina Berg), 83.1, 83.5 (Gina Sanders)
GDV.de (Gesamtverband der Deutschen Versicherungswirtschaft), Berlin: 88.2
Google Germany GmbH: 15.2
Industrie- und Handelskammer für die Pfalz: 78
Internationales Zentralinstitut für das Jugend- und Bildungsfernsehen (IZI), München: 90.2, 92, 95, 101
Konrad-Adenauer-Stiftung e.V. (KAS/ACDP 10-009:2904 - CC-BY-SA 3.0 DE): 118.4
Mastercard, Frankfurt: 47.3-4
MEV Verlag GmbH, Augsburg: 28.2, 69.2, 72.1, 83.2, 83.4, 87.1
Ministerium für Familie, Frauen, Jugend, Integration und Verbraucherschutz Rheinland-Pfalz: 126
OBI Group Holding SE & Co. KgaA: 67.1
Project Photos, Walchensee: 83.3
Reporter ohne Grenzen e. V., Berlin: 106.2
SPD, Berlin: 115.1
SPD-Landesverband Rheinland-Pfalz: 118.1
SPD Nordrhein-Westfalen: 118.3
Stiftung Warentest, www.test.de: 55.2
Stiftung Warentest, Finanztest, www.test.de: 30.1
Stiftung Warentest, test 5/2017, S. 6; www.test.de, Stichwort „Mogelpackung": 55.1
Stiftung Warentest/Jugend testet: 56.1
Trusted Shops GmbH, Köln: 15.3
TÜV SÜD Management Service GmbH 2013: 15.4
Visa 2018: 47.5
Westermann Gruppe: 15.1

Zeichnungen/ Karikaturen
Angelika Brauner/Bildungsverlag EINS: 46.2 (Visa 2018)
Elisabeth Galas/Bildungsverlag EINS: 96 (alle)
Claudia Hild/Bildungsverlag EINS: 8.1 (Shell-Jugendstudie 2015), 8.2 (Bundesverband deutscher Banken), 8.3 (Bundesverband deutscher Banken)
Evelyn Neuss/Bildungsverlag EINS: 89, 90.1, 94 (4x), 102, 104, 108.1, 114
Baaske Cartoons/ Kaczmarek: 81.1
Michael Hüter, Bochum/www.jugend-und-bildung: 91, 107, 111
Erik Liebermann, Steingaden: 70, 88.1

Reinhold Löffler, Dinkelsbühl: 86.1
Christiane Pfohlmann, Landsberg am Lech: 108.2
Thomas Plaßmann, Essen: 99.1
Reiner Schwalme, Groß Wasserburg: 117
Roger Schmidt, Brunsbüttel: 110
Klaus Stuttmann, Berlin: 106.1
Götz Wiedenroth, Flensburg: 109.2
Jacek Wilk, Karpniki/Polen: 29.1

Wir arbeiten sehr sorgfältig daran, für den Abdruck aller Bilder die Rechteinhaberinnen und Rechteinhaber zu ermitteln. Sollte uns dies im Einzelfall nicht vollständig gelungen sein, werden berechtigte Ansprüche selbstverständlich im Rahmen der üblichen Vereinbarungen abgegolten.